Olaf Schulze

DUNKLE GESCHICHTEN AUS Pforzheim

Bildnachweis
Umschlag Rückseite: Carmen Jud; Sammlung Olaf Schulze, Pforzheim: S. 7, 8, 25 l./r., 26, 28, 30, 34, 36, 41, 42, 46, 47, 50, 70;
Foto Olaf Schulze, Pforzheim: S. 12, 20, 60, 68, 73;
© Schmuckmuseum Pforzheim; Foto Winfried Reinhardt: S. 17;
Karlsruhe, Badische Landesbibliothek, Titelzeile eines Artikels aus „Der Führer – Ausgabe Karlsruhe Land" vom 13. November 1937, S. 10, Lizenz CC BY-SA 4.0, https://digital.blb-karlsruhe.de/blbz/zeitungen/periodical/zoom/3265880: S. 52;
Stadtarchiv Pforzheim: S. 55, 58, 64;
Pforzheimer Geschichtsblätter, Bd 1, 1961, Foto René Holz: S. 63;
Picture-alliance / dpa / Uli Deck: S. 76.

Quellennachweis:
Emil Lacroix, Peter Hirschfeld und Wilhelm Paeseler (Bearb.): Die Kunstdenkmäler der Stadt Pforzheim. Karlsruhe 1939; Löbliche Singergesellschaft von 1501 (Hg.): Pforzheim zur Zeit der Pest. Die Löbliche Singergesellschaft von 1501. Begleitband zur Ausstellung im Museumsareal Pforzheim/Brötzingen. Pforzheim 1993; Johann Georg Friedrich Pflüger: Geschichte der Stadt Pforzheim. Pforzheim 1862 (Nachdruck Pforzheim 1989); Oskar Trost: Das Russenkreuz. Bilder und Geschichten aus Pforzheims Vergangenheit. Pforzheim 1933; Brigitte Marquardt (Text): Eisen, Gold und bunte Steine. Bürgerlicher Schmuck zur Zeit des Klassizismus und des Biedermeier. Berlin 1984 (Ausstellungskatalog); Brigitte Marquardt: Schmuck. Realismus und Historismus 1850-1895. Berlin 1998; Christoph Timm: Pforzheim. Kulturdenkmale im Stadtgebiet. Heidelberg, Ubstadt-Weiher, Basel 2004; Jahrbücher der Stadt Pforzheim. Ab Jahrgang I., „1900" bis „1912"; Hans Peter Becht, Hans-Jürgen Kremer (Berab.): Die „Chronik der Stadt Pforzheim" 1891-1939. Ubstadt-Weiher 1996; Donatus Weber (Hg.): Pforzheim im Weltkrieg, seine Söhne und Helden. Pforzheim 1915[-1920]; Kurt Giguscheit: Beiträge zur Geschichte des Theaters in und um Pforzheim herum. Pforzheim 1987. Ubstadt-Weiher 1999; Olaf Schulze: „Zum Nutzen und Bequemlichkeit der Einwohner". Geschichte der Pforzheimer Zeitungen; Pforzheim 23. Februar 1945: Der Untergang einer Stadt in Bildern und Augenzeugenberichten. Hg. und bearb. von Esther-Schmalacker-Wyrich. 6. Aufl. Pforzheim 1995 (Verlag der Pforzheimer Zeitung); Sonderbeilage des Pforzheimer Kurier zum 23. 2. 1995 (Artikel des Verfassers zum Stein von Coventry); Sylvia-Monica Schmager: Pforzheim – große Welt – kleine Welt. Pforzheim 1967.

Ein ganz herzliches Dankeschön für die Kooperation und Unterstützung an das Stadtarchiv Pforzheim, das Schmuckmuseum Pforzheim, die Badische Landesbibliothek Karlsruhe sowie an Matthias Busch, Carmen Jud, Dr. Cornelie Holzach, Dr. Clara Deecke und an all die Pforzheimerinnen und Pforzheimer, die mir in den letzten Jahrzehnten ihre Geschichten erzählten und Erinnerungsstücke dauerhaft oder zeitweise überließen.

Für Kirsten Klein, die dunkle Geschichten noch mehr liebt als ich.

1. Auflage 2020

Umschlaggestaltung: r2 | Ravenstein, Verden
Layout und Satz: Schneider Professionell Design, Schlüchtern-Elm
Druck: Druckerei Zimmermann Druck + Verlag GmbH, Balve
Buchbinderische Verarbeitung: Buchbinderei S. R. Büge, Celle

34281 Gudensberg-Gleichen, Im Wiesental 1
Tel. 0 56 03 - 9 30 50 www.wartberg-verlag.de
ISBN 978-3-8313-3299-1

Inhalt

Vorwort

„Dunkle Geschichten aus Pforzheim“ – als das Angebot für dieses Buch auf meinen Schreibtisch flatterte, da dachte ich, wunderbar, Geister-, Kriminal- und sonstige dunkle Geschichten aus der langen Geschichte Pforzheims kenne ich zuhauf und erzähle manche davon bei meinen Führungen über historische Kriminalfälle oder das „dunkle Mittelalter“ im Kostüm Johannes Reuchlins.

Doch der Schwerpunkt der Geschichten in diesem Buch liegt auf dem 19. und 20. Jahrhundert. Wobei „dunkel“ in jeder Hinsicht übertragbar ist. So geht es um das erste Schwarzwild des Wildparks, um die Aktion „Schwarze Villa“ eines Pforzheimer Künstlers im Rodgebiet, um den Einbruch in die fürstliche Gruft am Vorabend der französischen Revolution und um Kleinkriminalität im Ersten Weltkrieg, die uns heute eher skurril erscheint. Lange habe ich gezögert, ob ich auch folgende „dunkle Geschichten“ einrücken soll, wie die erste Probeverdunklung noch vor Ausbruch des Zweiten Weltkriegs oder die Geschichte einer Eisenbahnunterführung, durch die ich nicht gehe, ohne an jene düstere Begebenheit zu denken, die eine Pforzheimer Künstlerin in einer Pietà verarbeitet hat.

Pforzheim ist heute ohne dieses dunkle Kapitel nicht zu verstehen: nicht das moderne Stadtbild, nicht die Haltung der ewig Gestrigen, nicht der Umgang mit der Geschichte und mit der Erinnerung an jene Zeit zwischen 1933 und 1945. So wird dieses Buch vielleicht politischer in einem altertümlichen Sinn, es geht um die Erklärung der „Polis“, der Gesellschaft in der Stadt, des Zusammenspiels der Menschen in ihr, durch Geschichte und Geschichten zu wechselnden Zeiten – und hier sind es eben die dunklen Geschichten: skurril, unterhaltsam und auch ernsthaft.

Olaf Schulze

Die Grüfte der Schlosskirche als Tatort

Wer steigt schon freiwillig bei dunkler Nacht in eine düstere Gruft? Die drei Pforzheimer Christoph Windmayer, der Seifensieder, Ludwig Weiß, der Flaschner, und dessen Verwandter Friedrich Weiß taten es, und zwar im September 1785. Sie hatten es auf den Inhalt der Särge der badischen Fürstenfamilie abgesehen, auf wertvolle Kleidungsstücke und den zumeist silbernen Schmuck, den man den Toten mitgegeben hatte.

Wie die verstorbenen badischen Markgrafen und Markgräfinnen der evangelischen Linie bei der Bestattung zurechtgemacht waren, konnte man damals im Sakristei- und Bibliotheksanbau der Schlosskirche sehen (dem heutigen „Museum Johannes Reuchlin"), und zwar auf den Ölgemälden der Paradeaufbahrungen, wie sie vor allem im 18. Jahrhundert üblich waren. Zwar sind die Gemälde am 23. Februar 1945 an ihrem Auslagerungsort verbrannt, doch Fotografien, etwa im 1939 veröffentlichten Pforzheimer Kunstdenkmäler-Band, haben sich erhalten. Die toten Markgräfinnen trugen Silberschmuck, der ihrem barocken Diamantschmuck nachgearbeitet war, dazu auch feine Kleider aus Seide, schwarze Umhänge aus dichten Stoffen, die sich so schnell nicht zersetzten im gleichmäßigen Klima einer Gruft. Den Schmuck konnte man leicht einschmelzen und „versilbern". Die Kleidung konnte gewaschen, umgearbeitet und schließlich verkauft werden, wurde sie doch in unteren und mittleren Schichten jahrzehntelang getragen.

Die drei Pforzheimer, über deren Einbruch im badischen Generallandesarchiv in Karlsruhe eine 390 Blatt starke, handgeschriebene Prozess-Akte erhalten ist, hatten aus Not gehandelt. Die wirtschaftliche Lage in Zentraleuropa war vor Ausbruch der Revolution in Frankreich nicht gut. Die Beteiligten wurden gefasst und bekamen den Prozess. Ein Teil der Särge war beschädigt, die Totenruhe war gestört. Doch einem gelang es, sich auf geschickte Weise der Strafverfolgung zu entziehen. Sein Steckbrief, veröffentlicht in der *Carlsruher Zeitung* vom Montag, den 2. Januar 1786, verrät uns nicht nur sein „Signalement", sein Aussehen, sondern auch, wie ihm die Flucht gelang:

„Pforzheim. Der hiesige ledige Burger und Flaschner Ludwig Friedrich Weiß hat sich schwerem Verdacht zugezogen, daß er an dem in letzterm Sommer dahier verübten höchststräflichen Einbruch in die Schloßkirche und die Hochfürstl[iche]. Gruft Antheil genommen und dieser Verdacht hat sich um so mehr bestärkt, da derselbe, ohngeachtet er dem hiesigen Oberamt mittelst promissorischer Caution angelobet, daß er sich nicht von hier entfernen, sondern jedesmalen stellen wolle, bereits den 17ten vorigen Monats Novemb[er]. vor der Untersuchung heimlich von hier entwichen und auf die sogleich erlassene Steckbriefe und hieunten angefügte Beschreibung seiner Person nicht das mindeste von ihm zu vernehmen gewesen ist.

Dieserwegen nun wird er Ludwig Friedrich Weiß auf ergangenes Hochfürstl[iches]. Regiminaldecret vom 10ten dieses Monats hiemit öffentlich und in dem Maaße vorgeladen, daß er binnen 6 Wochen vor dahiesigem Oberamt sich unfehlbar stellen und wegen seines eidbrüchigen Austritts sowohl, als des auf ihm ruhenden Verdachts einer Theilnahme, oder Mitwürkung an jenem Einbruch sich um so gewisser verantworten solle, als im Fall er nicht erscheine, er für geständig erachtet, sein Vermögen confiscirt, sein Nahme an den Galgen geschlagen und er der Marggräflichen Lande verwiesen werden wird. Signatum Pforzheim den 15ten December 1785.

Hochfürstl. Markgräfl. Bad. Oberamt allda.

Signalement des Ludwig Friedrich Weißen.

Das Schlosskirchenportal um 1940

Derselbe ist ohngefehr 24 Jahre alt, großer Statur, etwas platternnarbigten Angesichts, trägt blonde Haare in einem französischen Zopf gebunden, einen rothlecht tüchenen Rock und dergleichen Kamisohl, schwarze manchesterne Hosen, einen runden schwarzen Huth und Schuhe."

Was aus ihm geworden ist? Die zwei anderen Täter wurden zu hohen Strafen verurteilt, und die beiden Grüfte unter dem Chor der Schlosskirche hatten wieder ein paar Jahre Ruhe. Über 300 Jahre lang diente die altehrwürdige Kirche als Grablege der evangelischen Linie der Markgrafen von Baden „Pfortzheimer Theils", später nach der neuen Residenz „von Baden-Durlach" genannt. Und zwar von 1538 bis 1860, als Großherzogin Stephanie von Baden, die Witwe des 1818 unter seltsamen Umständen verstorbenen Großherzogs Karl, als letzte Vertreterin des badischen Fürstenhauses in Pforzheim bestattet wurde.

Zu Kriegszeiten, wenn fremde Truppen die Stadt eroberten, war auch die Grablege der Markgrafen nicht sicher gewesen, so wurde sie bereits 1692 im Pfälzischen Erbfolgekrieg von den Franzosen geplündert. Erst Markgraf Karl Friedrich, der Begründer der Schmuckindustrie in Pforzheim und ein aufgeklärt denkender Fürst, ließ 1762 zerfallene Särge der Nordgruft instandsetzen, die Samtbezüge erneuern und die seit 70 Jahren verwüstete Südgruft wieder herrichten, zunächst wohl zur Aufnahme von Kindersärgen mit Totgeburten seiner ersten Frau Karoline Luise, einer geborenen Prinzessin von Hessen-Darmstadt. Als sie 1783 im Alter von knapp 60 Jahren starb, erhielt ihr Sarg eine Krone, wie auch die späteren: Karl Friedrichs eigener von 1811 und die seines Enkels und Nachfolgers Karl und seiner Enkelin, der Königin Friederike von Schweden.

Auch nach dem Zweiten Weltkrieg waren die Grüfte in keinem guten Zustand und bekamen mehrfach „Besuch", da waren neugierige Jugendliche noch das kleinste Problem. Eine junge Lehrerin kam in den Jahren des Wiederaufbaus an der Ruine der Schlosskirche vorbei. Und da das Portal offen stand, nutzte sie die recht seltene Gelegenheit und betrat das Innere. „Noch sah man viele Spuren des Luftangriffs, aber fleißige Hände waren dabei, die Schäden zu beseitigen. Interessiert ging sie umher, erschüttert über das Ausmaß der Zerstörung, zugleich aber erfüllt von

Der Stiftschor mit Grabmälern der Markgrafen um 1910

einem Gefühl stiller Freude, daß frisches Leben am Werke war, und voll jäh erwachter Zuversicht, daß das wichtigste Zeugnis der Geschichte Pforzheims wieder in alter Schönheit erstehen werde." Jahre später schrieb sie nieder, was sich damals ereignete, der Bericht, den ich in einem Nachlass fand, ist mit „Heyligenstädt", leider ohne den Vornamen, signiert und überschrieben mit „Spuk in der Schlosskirche" – folgen wir dem Bericht, der in der dritten Person von der Lehrerin spricht, im Originalton:

„Nachdem sie Langhaus und den noch nicht ganz wiederhergestellten Lettner durchschritten hatte, stand sie im Stiftchor bewundernd vor der Tumba des Markgrafen Ernst und seiner Gemahlin Ursula. Ein junger Restaurator, dem aufgefallen war, wie aufmerksam sie schon einzelne Epitaphe betrachtet hatte, wies sie auf eine geöffnete Falltür hin: ‚Das wird Sie gewiß auch interessieren. Da geht es zur Grablege der einstigen Markgrafen!' Überrascht dankte sie ihm für den wohlgemeinten Rat. Dann stieg sie die schmale Treppe hinunter und betrat eine Gruftkammer, in die durch kleine Fenster nur wenig Licht fiel. Im Halbdunkel erkannte sie eine Anzahl von Särgen. Plötzlich erschauerte sie: Lautlos hoben und senkten sich Sargdeckel. Fast blieb ihr das Herz stehen. Zutiefst erschrocken wollte sie hinauseilen. Doch dann bezwang sie sich, denn Geister konnten es wohl kaum auf sie abgesehen haben. Nun erst bemerkte sie, daß über die Särge schwarze Tücher gebreitet waren. Der Luftzug, der von den Fenstern kam, hatte sie ab und zu angehoben. Erleichtert gab sie sich dem Empfinden einer stillen Ehrfurcht hin, und versuchte sich zu erinnern, was sie aus dem Geschichtsunterricht von den hier zum ewigen Schlaf gebetteten Toten wußte. Als sie danach wieder im hellen Tageslicht stand, mußte sie fast über sich selbst lachen. Dieses Ereignis aber blieb ihr im Gedächtnis, und oft hat sie später ihren Schülern von dem ‚Spuk' in der Markgrafengruft erzählt."

Das Russenkreuz im Oststadtpark

Seuchengeschichte ist Geschichte aus dunklen Zeiten. Seuchengeschichte spielt nicht woanders, im fernen Indien oder China oder im nicht so fernen Italien oder Spanien, auch Pforzheim hat seine ganz eigene Seuchengeschichte. Früher ging alle ein bis zwei Generationen eine große ansteckende Krankheit durch die Stadt. Von manchen hört und liest man jetzt wieder, so vom Typhus, der 1919 in Pforzheim von 3692 Erkrankten 335 Todesopfer forderte, ein Jahr später von der „Spanischen Grippe", die im Herbst 1920 noch von der Ruhr abgelöst wurde, an der 960 Pforzheimerinnen und Pforzheimer erkrankten und 154 starben. Die drei Krankheiten waren nach Ende des Ersten Weltkriegs auf eine durch Krieg und Hunger entkräftete Bevölkerung gestoßen, was hohe Opferzahlen zwischen 9 und 15 Prozent Sterblichkeit hervorrief.

Als kleines, fünfjähriges Mädchen besuchte die Pforzheimerin Annemarie 1921 ihren sterbenden Vater im Städtischen Krankenhaus ein letztes Mal. Er war Erster Buchhalter und Kassier bei Kollmar & Jourdan, und sie hing sicher mit ganzer Liebe an ihrem Papa. Sie erinnerte sich, so erzählte es mir ihre Tochter Marie, vor allem an den seltsamen Geruch, der im Zimmer ihres Vaters herrschte, der von ihm und den anderen Kranken ausging. Ob Annemarie einen Mundschutz trug, als sie ihren Vater das letzte Mal sah? Wie nah sie an ihn herantreten konnte? Wir können sie nicht mehr fragen. Bei unseren Begegnungen hat sie mir gerne aus ihrer städtischen Vergangenheit erzählt, von ihrer Zeit an der Hilda-Schule zum Beispiel. Niemand hätte bei ihrer Geburt gedacht, dass die einstige Gymnasiastin später als geachtete Bäuerin auf einem Hof leben und wirken würde. Seuchengeschichte ist meist auch die Geschichte von Massen, vor

allem von Massengräbern. Doch solche kleinen Begebenheiten, wie die lebenslange Erinnerung eines kleinen Mädchens an den Tod ihres Vaters, zeigen auf, dass hinter jedem Toten eine eigene Geschichte, eine Familie, mit ihren Hoffnungen und Verlusten, ein ganz spezifisches Schicksal steht.
Pestzüge gab es in unserer Region seit der Mitte des 14. Jahrhunderts. In der Altstadtkirche zeugen hundert Jahre später entstandene Wandmalereien wie die Darstellung des Märtyrertods der Pestheiligen Sebastian und der Schutzmantelmaria von der Angst vor dem massenhaften Tod. Selbst ein badischer Markgraf, Karl I., starb 1475 in seiner Baden-Badener Burg an der Pest. Bis ins 17. Jahrhundert traf die Stadt Pforzheim Maßnahmen, wenn sich eine Pest in Nachbarländern zeigte. Dazu gehörte das Ausräuchern der öffentlichen Straßen und Plätze, „daß an bequemen Orten Rauchwerk von Wachholder, Forchen- und Eichenholz oder Gesträuch, auch etwa mit Schwefel und Pulver gemacht werden solle“. Auch durfte kein Handel mit Städten betrieben werden, in denen nachweislich die Pest ausgebrochen war. Man durfte auch „keine Tyroler, Schweizer oder Bayern ohne Amtserlaubniß in die Stadt lassen; [...] in Haus und Gassen mußte man fleißig kehren, [...] die Gänse und Enten aus der Stadt thun“, wie Johann Georg Friedrich Pflüger in seiner 1862 erschienenen Stadtgeschichte eine Verordnung vom 21. August 1666 zitiert. Noch heute zeugt die Löbliche Singergesellschaft von 1501 als ehemalige Pestbruderschaft von einem besonders schlimmen Pestausbruch, bei dem vermutlich ein Drittel bis zur Hälfte der Bevölkerung starb.
Im Oststadtpark, dem 1587/88 angelegten ersten Zentralfriedhof Pforzheims, nahe dem Spielplatz und dem „Deichselbrunnen“ aus den 1920er-Jahren, stößt man auf das „Russenkreuz“, das an eine Typhus-Epidemie zu Beginn des 19. Jahrhunderts erin-

nert. Gefangene russische Soldaten, die durch napoleonische Truppen ab Anfang Januar 1806 sukzessive nach Frankreich verlegt wurden, waren zeitweise in der Pforzheimer Schlosskirche zusammengepfercht. Der Typhus tötete viele gefangene Soldaten und sprang auch auf die Stadtbewohner über. So berichtete der Pforzheimer Heimatforscher und Journalist Oskar Trost in seinem 1963 erschienenen Heft „Lebendige Vergangenheit: Denkmale und Denkmäler" über das Russenkreuz:
„Schnell machte die Angst dem Mitleid und der Neugierde Platz und die gutmütigen Pforzheimer, insbesondere auch die Frauenwelt, wetteiferten nun darin, den Fremdlingen durch Speis und Trank zu helfen. [...] Als die Gefangenen nach wenigen Tagen zum größten Teil weitertransportiert wurden, mußte eine beträchtliche Anzahl von ihnen fieberkrank hier zurückgelassen werden. Sie hatten einen furchtbaren Gast mitgebracht, den

Das Russenkreuz im Oststadtpark

Typhus, dem hier eine große Anzahl von ihnen erlag. Die Toten wurden von ihren Kameraden meist in später Abendstunde bei Fackelschein nach ihrer heimischen Sitte nackt zum Friedhof getragen und dort in einem großen gemeinsamen Grabe beigesetzt. Diese unheimlichen Leichenbegräbnisse machten einen tiefen Eindruck auf die Bevölkerung der Stadt."

Die Kirchenbücher von 1806 belegen, dass Pforzheim weit über 280 Todesfälle mehr zu verzeichnen hatte als in früheren Jahren. Eine recht hohe Zahl für eine Stadt von rund 5500 Einwohnern. 6000 russische Gefangene hatte man damals kurzfristig in zwei Transporten unterbringen müssen. Das monumentale Sandsteinkreuz wurde zusammen mit sechs dazu gruppierten Ulmen bald nach den Ereignissen im Frühjahr 1806 über dem Massengrab für die russischen Soldaten als Erinnerung errichtet, die Epidemie verlor im Sommer an Fahrt und war im Herbst 1806 so gut wie erloschen.

In seiner 1933 erschienenen Erzählung „Das Russenkreuz" verknüpfte Oskar Trost das Monument mit der Geschichte des bekannten Arztes Dr. Johann Christian Friedrich Roller, der Jahre später selbst in Ausübung seines Berufs im Dienst am Menschen 1814 sterben musste. Ein junges Liebespaar geht am Schluss der Geschichte über den Friedhof, verweilt am Grab des Dr. Roller und kommt schließlich am Russenkreuz vorbei. „Was ist denn das für ein mächtiges neues Steinkreuz?", fragt die junge Frau und erhält von ihrem Geliebten folgende Antwort – man beachte das Entstehungsjahr der Geschichte, 1933:

„Das ist das Russenkreuz auf dem Grab der verstorbenen Russen, die so viel Unglück über unsere Stadt gebracht haben. Auch das hat der Doktor noch veranlaßt. Als sich einige darüber aufhielten, daß man den Fremdlingen, die niemand kennt, ein so gewaltig Denkmal setze, da sagte er den Ratsherren, die dieserhalb bei ihm waren: ‚Nicht den armen toten Russen allein gilt das Kreuz; es soll unseren Nachkommen künden von den schweren Zeiten, die unser Geschlecht durchgemacht hat und soll ihnen sagen, wenn es ihnen auch einmal hart ergeht: Seht, Eure Väter haben auch schlimme Tage durchlebt und haben manchmal verzagen wollen an der Zukunft. Und doch ist alles wieder gut geworden. Darum verliert nicht den Glauben an die Zukunft Eures Volkes und Eurer Vaterstadt.'"

Im 19. Jahrhundert war es neben dem Typhus die Cholera, die „morgenländische Brechruhr", die nicht nur in Deutschland Angst und Schrecken verbreitete. Zu den bekannteren Opfern gehörte auch der Edelsteinhändler Robert August Schütt, der am 17. August 1897 am Typhus starb und dessen Witwe Luise den von da ab „Robert Schütt Witwe" genannten Betrieb durch schwierige Zeiten führte. Noch heute erzählen ihre Nachfahren, dass die mangelnde Wasserversorgung und fehlende Kanalisation den Tod Robert Schütts zur Folge hatten. Und dass der stadtbekannte Bankier August Kayser, Obmann des Bürgerausschusses, in den Jahren zuvor aufgrund seiner stetigen Mahnung zur Sparsamkeit und Ausgeglichenheit des Pforzheimer Stadtsäckels der große Verhinderer der notwendigen Infrastrukturprojekte gewesen war. Robert und Luise Schütts Grab ist bis heute an der Hauptallee des Pforzheimer Hauptfriedhofs erhalten. Den Sockel des schwarzen Kreuzes ziert der Spruch:

„Der Tod schlägt tiefe Wunden.
Dies habe ich empfunden,
seitdem ich dich verlor.
Ich weine mit drei Kindern.
Gott wird die Schmerzen lindern,
Zu Ihm seh' ich empor."

Schwarzer Schmuck in dunkler Schatzkammer

„Es ist nicht alles Gold, was glänzt“ – dieses bekannte Sprichwort könnte man auch ergänzen um die Aussage: „Es ist nicht alles Gold, was Schmuck ist.“ Perlen, Schildpatt, Korallen, Edel- und Halbedelsteine, Silber, Platin, Diamanten, all das sind natürlich auch Schmuckbestandteile und nicht nur Gold. Und so verwundert es auch nicht, wenn wir in der qualitätsvollen Dauerausstellung des Pforzheimer Schmuckmuseums, dem einzigen Spezialmuseum dieser Art weltweit, Schmuckstücke entdecken, die nicht im goldenen Glanz schimmern. Aber wenn die Armbänder, Broschen, Colliers und Ohrgehänge dann aus schwarzem Eisen sind, bleibt unser Auge doch einen Moment länger hängen – so ungewöhnlich ist diese Art von Putz und Zierrat heute, so selten wird sie getragen, wenn man einmal von Menschen absieht, die sich der „Gothic-Kultur“ verbunden fühlen, die Farbe Schwarz lieben und im Volksmund als „Grufties“ bezeichnet werden.

Dabei war eine gewisse Art von schwarzem Schmuck im 19. Jahrhundert recht populär. Die Rede ist von speziell angefertigtem Trauerschmuck, der in der Trauerzeit von jugendlichen, jungen, mittelalten und alten Frauen zumindest gehobener Stände gleichermaßen getragen wurde. Die Hochzeit dieses Trauerschmucks reichte von der Zeit des Klassizismus und Empire um 1800 bis in die 1920er-Jahre. Und fast aus all diesen Strömungen zeigt das Schmuckmuseum Beispiele. Auch die Pforzheimer Fabrikantenfrauen und -töchter dürften solch einen Schmuck angelegt haben, wenn sie zu Beerdigungen gingen oder selbst einen nahen Angehörigen verloren hatten.

In der Zeit der Französischen Revolution und während der napoleonischen Ära wurde das Opfern von Schmuck für patriotischen, nicht so hochwertigen Schmuck, nach dem Motto „Gold gab ich für Eisen", allgemein propagiert. So entstand, besonders in Deutschland, Eisenschmuck schon in der Zeit des Empire und während der Epoche des Biedermeiers. Die Königliche Gießerei in Berlin war seit 1804 einer der Produktionsorte, in der ebenfalls preußischen Königlichen Gießerei im schlesischen Gleiwitz hatte man schon 1798 damit begonnen. Manche Broschen oder Medaillons trugen gut lesbar das besagte Motto: „Gold gab ich für Eisen". In den „Befreiungskriegen", nach der Völkerschlacht bei Leipzig und dem von den deutschen Staaten vollzogenen Schwenk vom Alliierten zum Feind Napoleon, wurde diese „vaterländische" Aussage noch beliebter. Anfänglich wurde dieser schwarze Eisenschmuck nur als Trauerschmuck getragen.
Eine spezifische, mit dem eigentlichen Trauerschmuck eng verwandte Varietät ist der Memorialschmuck, der jedoch ständig oder zumindest über einen langen Zeitraum getragen wurde und an einen geliebten, meist verstorbenen Menschen erinnern sollte. Oft sind dabei in Ketten oder auch als Schmuckelemente menschliche Haare der verstorbenen Person verarbeitet, verstickt, mehr oder weniger versteckt in Medaillons mit und ohne Deckel.
Den Hauptbestand des schwarzen Schmucks entdeckt der aufmerksame Museumsbesucher im Obergeschoss an den Außenwänden. Dieser Raum war übrigens von Anfang an immer dunkel. Mit indirekt beleuchteten, teilweise von der Decke herabhängenden Vitrinen vermittelte die ständige Ausstellung des Schmuckmuseums den Eindruck einer mystisch erhellten Schatzkammer. Antikenrezeption und Rückzug ins Private kennzeichnen die Stile des Klassizismus und des Biedermeier, wobei

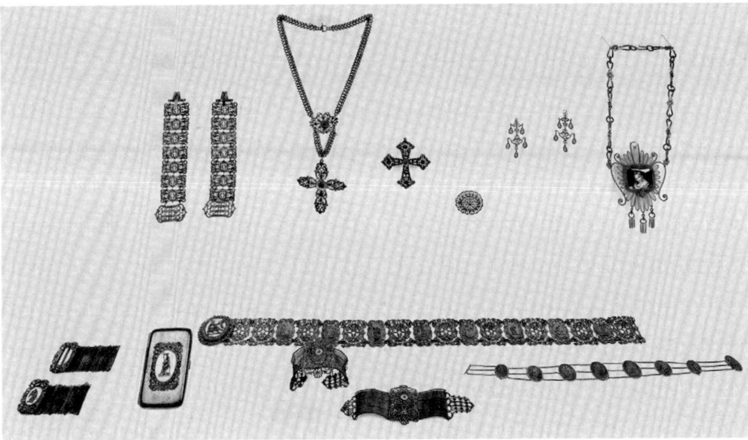

Schwarzer Schmuck, ausgestellt im Pforzheimer Schmuckmuseum

der Schmuck in seiner Herstellung immer industrieller und damit auch für breitere Käuferschichten erschwinglicher wurde. Dies ist auch die Epoche, in der Pforzheims Schmuckindustrie von der staatlich geförderten Manufaktur in die Hände von privaten „Entrepreneurs" aus der Pforzheimer Oberschicht überging, mit Arbeitskräften, die zuvor im staatlichen Waisenhaus geschult worden waren.

Hier, im Obergeschoss findet sich zum Beispiel eine Anhängeuhr in Form eines Hirschkäfers, dessen schwarz emaillierte Flügel das Zifferblatt verdecken. Sie entstand in Genf um 1800. Ein schwarz emaillierter goldener Armreif aus deutscher Produktion um 1830 gehörte sicherlich zum Trauerschmuck einer wohlhabenden Dame. Besonders beeindruckend ist das in einer ganzen Vitrine versammelte Ensemble von Berliner und Gleiwitzer „rabenschwarzem" Eisenschmuck, der zwischen 1810 und 1830 datiert wird. Es enthält einen Gürtel, Armbänder, Kreuzanhänger, eine Brosche, Ohrschmuck und eine Dose sowie einen filigranen Halsschmuck aus Eisendraht mit Porzellanmalerei.

Auch in der Abteilung des historistischen Schmuckes begegnet man schwarzem oder zumindest dunklem Schmuck aus den 1880er-Jahren. Er ist hier jedoch oft mit sichtbarem Gold und kleinen Perlen („Tränen“), aber auch mit Diamanten und Rubinen kombiniert und stammt von bekannten Goldschmieden und Juwelieren, wie dem Münchner Karl Blum, dem Berliner Hugo Schaper und dem Pforzheimer Theodor Frank. Ein in unserem Zusammenhang interessantes Stück ist eine Damen-Taschenuhr mit Châtelaine aus Schweizer Produktion, eine sogenannte „Traueruhr“, die am Kostüm getragen wurde.
Aus der Mitte des 19. Jahrhunderts stammt ein zweiteiliges Ensemble aus einer zwölfgliedrigen Kette und einer Brosche mit drei tropfenförmigen schwarzen Anhängern, die beweglich sind. Es handelt sich dabei um besonders schöne Exemplare des „Ulmer Schmucks“, aus vergoldetem Silber und schwarzem Glas, das Gagat imitieren sollte. Gagat, auch „Pechkohle“ genannt (englisch „jet“), ist eine pechschwarze, wachs- oder fettglänzende Braunkohle großer Härte, die fast undurchsichtig ist. Gagat lässt sich gut schneiden und drechseln und nimmt dabei an Glanz zu. Gagat oder Jet wurde dann im Laufe des 19. Jahrhunderts immer mehr von schwarzen Glassteinen ersetzt. Der im Ersten Weltkrieg in vielen Pforzheimer Firmen produzierte „Kriegsschmuck“ schließlich, der sich stilistisch oft an die Zeit der Befreiungskriege anschloss, ist eine weitere Variante zum Thema „schwarzer Schmuck“.

Keine Fahrt in die Hölle

Um Pforzheim eisenbahntechnisch an die badische Residenz- und Hauptstadt Karlsruhe anzuschließen, entstand zwischen 1858 und 1860 der „Pforzheimer Tunnel", wie er damals häufig genannt wurde. Bei den Pforzheimern hieß er bald meist nur der „Is[ch]pringer Tunnel", oder einfach nur „Tunell" – mit langem, betonten „e"! Er war das aufwendigste Verkehrsbauwerk der badischen Staatsbahn auf der Strecke Karlsruhe–Pforzheim. Mit 3000 badischen Fuß (das entspricht 903,4 m) Länge gehörte er seinerzeit zu den größten Eisenbahntunneln der noch nicht vereinten deutschen Länder und fand in zeitgenössischen Zeitungen und Zeitschriften breite Aufmerksamkeit. Dabei zitieren die Tunnelportale aus gelbem und rotem Sandstein mittelalterliche Bauformen, am südostseitigen Tunnelportal ist zudem die Jahreszahl 1860 angebracht. Am Bau mitgewirkt hat auch der bekannte badische, in Pforzheim geborene Eisenbahn-, Wasser- und Straßenbauingenieur sowie Burgenforscher Julius Naeher (1824–1911). Beim Tunnelbau, der bergmännisch über knapp zwei Jahre von beiden Seiten aus in das Innere des Hachels vorangetrieben wurde, waren auch italienische Facharbeiter im Einsatz, die in der nahen Reithalle (Untere Ispringer Straße, heute Berliner Straße) untergebracht waren, wo man etwa 100 Betten aufgestellt hatte.

Die Eisenbahn veränderte die Verkehrsströme in einem Maße, wie es vor dem 19. Jahrhundert noch nicht möglich gewesen war. Am 18. Oktober 1858 begann der eigentliche Tunnelbau. Dass die Eisenbahn – zumindest für Reisende – ein recht sicheres Verkehrsmittel war, hatte man in einer kleinen Nachricht am 1. Oktober aus der *Karlsruher Zeitung* erfahren: „Deutsche Eisenbahnen. Nach der so eben erschienenen Statistik des deutschen Eisenbahn-Vereins gehören zu dem letzteren 59 Bahnen, mit 2800 geogr[aphischen]. Stunden Länge und einem Anlagekapital von 642 Mill. Th[a]l[e]r[n]. Im Jahr 1856 wurden von denselben 40 Mill[ionen]. Personen befördert, und es kamen durch Unfälle 120 Menschen um, worunter 10 Reisende und 110 Betriebsbeamte. Es kommt sonach auf 4,000,000 Reisende nur 1 Unglücksfall." Es war also deutlich gefährlicher, Mitarbeiter der Bahn zu sein, als Nutzer. Der Vater des Automobilerfinders Carl Benz, Johann Georg Benz, zum Beispiel war einer der ersten badischen Lokomotivführer und starb 1846 bei einem Eisenbahnunglück, da war sein Sohn gerade erst zwei Jahre alt. Die Arbeiten beim Tunnelbau zwischen Ispringen und Pforzheim schritten planmäßig voran. Bereits am 17. Dezember 1858 stand im *Pforzheimer Beobachter:* „Dem Vernehmen nach ist man mit den Sprengarbeiten am Ispringer Tunnel bereits über 100 Fuß

Die Einfahrt zum Ispringer Tunnel heute

vorgerückt. Um dieselben noch mehr beschleunigen zu können, sollen nun mehr zwei Stollen niedergetrieben werden, wodurch es möglich wird, den Tunnel nach fünf Richtungen in Angriff zu nehmen." Dabei arbeiteten die Arbeiter rund um die Uhr, also auch in tiefster Nacht, in mehreren Schichten. Die beiden erwähnten Luftschächte sorgten für den erforderlichen Luftzug.

Parallel entstand ein weiterer Tunnel bei Ersingen, der, da kürzer, schon im August 1859 seiner Vollendung entgegensah, „was um so weniger bezweifelt werden kann, als die beiden Akkordanten und sämtliche Arbeiter, Piemontesen, sehr fleißig, kundig und vorsichtig sind. [...] An Sonn- und Feiertagen könnte man sich in einen Badeort versetzt fühlen, da man außer den verschiedensten deutschen Mundarten französisch, italienisch und nicht selten englisch sprechen hört." So schrieb der Redakteur des *Pforzheimer Beobachters* vorausschauend am 7. April 1859. Und so trat es auch ein.

Anfang Oktober 1859 begann das Einwölben des Pforzheimer Tunnels auch auf Ispringer Seite. Der Durchbruch erfolgte schließlich am 8. März 1860 um die Mittagsstunde unter „Anwesenheit S[eine]r. Excell[enz]. des H[er]rn. Staatsministers v. Meysenbug, sowie zahlreicher Mitglieder der beiden Kammern des Landtags, höherer Beamten" aus Karlsruhe, die eine Tagesreise nach Pforzheim zu diesem Zweck unternommen hatten, und wurde mit einem „sollemnen" Festmahl mit rund 180 Gästen im Hotel Post am Leopoldplatz (später Areal der Kaufhalle) würdig gefeiert. „Nachmittags zogen die Tunnelarbeiter, Musik und badische Fahne voraus, in die Stadt herein, um sich in verschiedenen Bierhäusern zu vertheilen, wo schon vorher Anstalten getroffen waren, um auch ihnen zur Feier des Tages einige heitere Stunden zu bereiten" – so der Bericht im *Pforzheimer Beobachter* vom 10. März 1860. Für den Durchbruch war der Tunnel eigens mit Kronleuchtern samt Kerzen beleuchtet worden, am Ende waren zahlreiche Arbeiter mit dem Ausbruch des Firststollens beschäftigt. Diese Szene wurde „durch sog. Bengalisches Feuer beleuchtet, wodurch ein wahrhaft zauberhaftes Bild entstand, wie Keiner der Anwesenden solches jemals gesehen. Nach 20 Schüssen war die letzte Scheidewand durchbrochen, welche die beiden von Ispringen und Pforzheim her geführten Stollen trennte“, las man in der *Karlsruher Zeitung* vom 10. März 1860 in einem ausführlichen Artikel.

Wie die ersten Reaktionen bei der Durchfahrt durch den dann nicht mehr ausgeleuchteten Tunnel waren, als die Passagiere für einige Zeit im stockdunklen Waggon durch den rabenschwarzen Tunnel fuhren, ist nicht überliefert. Inzwischen durfte es sich jedoch auch bei der Landbevölkerung rumgesprochen haben, das man dabei nicht geradewegs in die Hölle fuhr. Diese Angst bekam nämlich eine schwäbische Bäuerin, als sie einige Jahre zuvor durch den ersten württembergischen Tunnel unter dem Schloss Rosenstein zwischen Cannstatt und Stuttgart hindurchfuhr, sich auf den Boden warf und mit Inbrunst ein Vater Unser betete.

Der Pforzheimer/Ispringer Tunnel versah seinen Dienst vom 7. Juli 1861, als die Strecke zwischen Wilferdingen und Pforzheim dem Verkehr übergeben wurde, bis zum 9. September 2018. Mittlerweile ist der historische Tunnel stillgelegt und verschlossen. Denn parallel zu ihm wurde ein neuer, 909 m langer Tunnel in den Berg getrieben. Am 10. September 2018, und damit 160 Jahre nach Baubeginn des ersten Pforzheimer („Ispringer“) Tunnels, wurde der neue Tunnel in Betrieb genommen. Die alte Tunnelröhre wurde nun vollständig verfüllt, nachdem die neue in Betrieb gegangen ist. Zumindest konnten die alten Portale als Zeugnis „dunkler“ badischer Technik- und Mobilitätsgeschichte erhalten werden.

Und dann in die Dunkelkammer mit der Platte

Licht und Leben einzufangen, um einen Augenblick für die Ewigkeit zu fixieren, indem man ein dunkles Gehäuse und eine lichtempfindliche Trägerschicht wie eine Platte oder einen Film benutzt – dieses theoretische Prinzip der Fotografie in Realität umzusetzen, beschäftigte die Menschen über Jahrhunderte. Im 19. Jahrhundert glaubte man, dass Leonardo da Vinci die „Camera obscura", die „dunkle Kammer" (wörtlich übersetzt), um 1500 entdeckt hatte. Dabei kannte schon die Antike dieses Phänomen, so Aristoteles im 4. Jahrhundert vor Christus. Wenn Licht durch ein kleines Loch in einen dunklen Raum fällt, erzeugt dies auf der gegenüber dem Loch befindlichen Fläche ein auf dem Kopf stehendes, seitenverkehrtes Bild dessen, was sich vor dem Loch außen zeigt. Die Araber um 1000 experimentierten mit Lochkameras. Astronomen nutzten ab Ende des 13. Jahrhunderts die Camera obscura zur Beobachtung von Sonnenfinsternissen und Sonnenflecken, um ihr eigenes Augenlicht dabei nicht zu gefährden. Renaissance-Künstler verfeinerten mit ihrer Hilfe die Zentralperspektive. Und nachdem es gelungen war, Glaslinsen zu schleifen, konnte man bessere Ergebnisse erzielen. Von den Malern wurde die seit dem späten 17. Jahrhundert auch transportable „dunkle Kammer" gerne als Zeichenhilfe genutzt, sowohl bei Landschaften und Städtedarstellungen als auch bei Porträts – die Proportionen stimmten.

1826 war es Joseph Niépce, ein französischer Erfinder, dem die älteste bekannte und bis heute erhaltene Fotografie gelang: Durch Kombination einer Camera obscura mit dem von ihm entwickelten „Heliografie"-Verfahren zeigt sie den Hof des Gutshauses von Le Gras. Man erkennt darauf Gebäudeteile, Dächer, Bäume

und einen Horizont in der Weite, alles noch recht verschwommen. Doch bis die Fotografie und mit ihr auch die Dunkelkammer in Pforzheim Einzug hielt, dauerte es noch eine Weile. Es wurden weitere Verfahren entwickelt, wobei die 1839 vorgestellte „Daguerrotypie", die das Bild auf versilberte Kupferplatten zum Erscheinen brachte, den wesentlichen Fortschritt hin zur lukrativen Porträtfotografie darstellte, mit dem Nachteil jedoch, dass jedes Bild ein Unikat war. Der Umgang mit giftigen Dämpfen brachte zudem dem Daguerrotypisten ein hohes Gesundheitsrisiko ein.
In den späten 1850er-Jahren gelang es dem französischen Erfinder André Adolphe-Eugène Disdéri auf kleinem „Carte de Visite"-Format kostengünstig und beliebig oft reproduzierbar, Papierkopien von Kollodium-Nassplatten-Negativen herzustellen, 1864 wurde das Verfahren noch weiter verfeinert. Die Fotografien waren meist in einem Format von ca. 5 auf 9 cm, der Karton stand etwas über. Nun konnten die Kosten für Porträtaufnahmen deutlich verringert werden. 1880 zum Beispiel kosteten sechs Abzüge im Schnitt 2,50 Mark, das entsprach in etwa dem Tageslohn eines durchschnittlich verdienenden Arbeiters. Ab den 1860er-Jahren wurde es zunächst in gehobenen Kreisen üblich, Visitenkartenporträts zu verschenken und in speziellen Steckalben zu sammeln. Die Fotos waren kaum inszeniert, es ging zunächst um die reine Abbildung des Menschen. Zwar zog man den „Sonntagsstaat" an, manchmal wurde man vor einem gemalten Rückprospekt auf einem Stuhl platziert oder neben einer Säule, die eine üppige Grünpflanze trug. Familienbilder wurden in Form bekannter Biedermeier-Familienporträts gestaltet, bei denen alle dargestellten Personen, die Eltern mit ihren Kindern, durch aufliegende oder ineinandergelegte Hände miteinander verbunden waren. Solche Familienfotografien wurden häufiger im größeren „Kabinettformat" angefertigt, das ab etwa

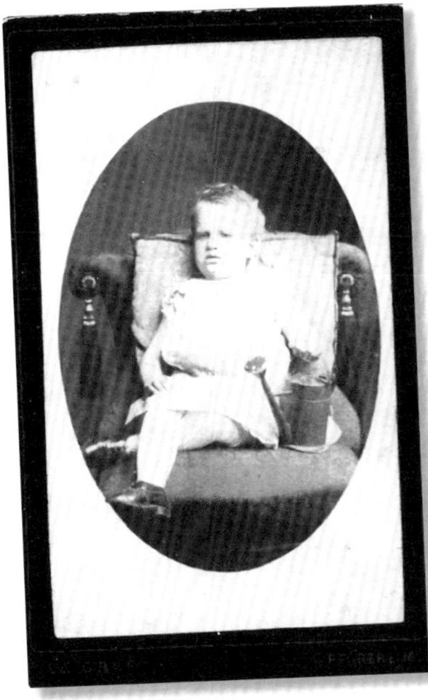

Foto eines Kleinkinds
von W. Graf um 1881

Rückseite des Fotos eines
Kleinkinds von W. Graf um 1881

1866 auf den Markt kam und ein 10 auf 15 cm großes Bild umfasste. Während die Fotografien vor Erfindung der künstlichen Beleuchtung vor allem in gewächshausartigen Ateliers mit viel Glas entstanden, wurden die Negative und die Papierabzüge anschließend in der Dunkelkammer entwickelt, einem Raum, in dem normaler Lichteinfall durch dunkel getönte oder zugehängte Scheiben verhindert wurde. Die einzige, trübe Beleuchtung, die dem Fotografen das Arbeiten, zum Beispiel auch die Retusche, ermöglichte, war Rotlicht oder ein spezielles gelbes Licht. Die ersten Daguerrotypisten und Fotografen kamen wie die Porträtmaler vor ihnen als reisendes Volk nach Pforzheim und stiegen in den bekannten Gasthäusern der Stadt ab, die entweder einen Nebenraum für den zeitlich begrenzten Aufenthalt zur Verfügung stellten oder ein entsprechend großes Zimmer. Dann wurden im *Pforzheimer Beobachter* von den Fotografen entsprechende Anzeigen geschaltet. Als die Stadt durch die wachsende Schmuckindustrie immer größer wurde und die Nachfrage der Pforzheimer nach Porträtfotografien stieg, ließen sich erste Fotografen dauerhaft nieder. Dies dürfte um 1860 geschehen sein. Wenn man die Fotografiegeschichte kennt, dann wundert es nicht, dass unter ihnen viele Franzosen waren. Monsieur A. Cherruet zum Beispiel erhielt 1861 in Karlsruhe bei einer Gewerbeausstellung eine Belobigung und warb anschließend auf den bedruckten Rückseiten seiner Carte-de-Visite-Fotokartons damit. Zunächst empfahl er sich noch für „Photographie und Malerei“, dann nur noch als Fotograf und bot in seinem Studio in der Hafnergasse auch „Microscopie“ und „Photographie auf Emaille“ an. Ein weiterer Pionier war August Ducrue, der trotz seines französisch klingenden Nachnamens in der Nähe von Passau geboren wurde, eine Württembergerin aus Bieselsberg im Nordschwarzwald heiratete, in Pforzheim in der Leopoldstraße und in Wildbad in der Nähe des Bahnhofs zwei Ateliers betrieb und schließlich „Königlich bayrischer Hofphotograph“ in Passau wurde.

Als Ducrue nach Bayern zurückkehrte, übernahm Albert Schmidt, der sich bald „Königlich württembergischer Hofphotograph“ nennen durfte und auf der Rückseite seiner Fotografien stolz das württembergische Wappen mit dem Wahlspruch „Furchtlos und treu“ abbilden ließ, beide Geschäfte in Pforzheim und Wildbad.

Werbung für Photographie Cherruet Pforzheim, 1862

Ja, Albert Schmidt expandierte sogar nach Ansbach und Heidelberg und errichtete in Pforzheim in der Enzstraße 7½ im Garten ein eigenes Ateliergebäude mit großen Glasflächen, das auf vielen Rückseiten seiner Porträtfotos abgebildet ist. Andere Fotografen versuchten sich über die reine Porträtfotografie hinaus zu spezialisieren, so etwa W. Graf mit seiner „Photographischen Anstalt", die 1880 in Mannheim und 1881 in Wien Auszeichnungen erhielt und die auch „Landschaften, Architekturen und Industriegegenstände" als zu fertigende Motive anbot. Die Anstalt selbst war im Garten hinter dem Haus Westliche Karl-Friedrich-Straße 52 in der Leopoldvorstadt zu finden. G. Kutenits verfügte um 1890 über „Photographische Kunst-Anstalten" in Heilbronn in der Kilianstraße 19 und in Pforzheim, in Bahnhofsnähe, in der Erbprinzenstraße 18. Er gab als „Specialität" auf seinen Kartonrückseiten „Kinder- & Gruppen-Aufnahmen" an, ferner „Platinotypien in allen Grössen / Moment-Aufnahmen & Reproductionen / Aufnahmen von Gemälden, Innenräumen, Maschinen, Landschaften, Tieren, etc. etc.". Und natürlich liest man auf fast jeder Rückseite: „Die Platte bleibt zum Nachbestellen aufbewahrt."
Dies sind längst nicht alle Namen von Pforzheimer Fotografie-Pionieren. In den Anfängen, sicher 1862, gab es zum Beispiel noch L. Vylder, in den 1870er-Jahren C. Mohrenstein, etwa zeitgleich A. Hemberger. In den 1890er-Jahren war Carl Fleury am Schulberg bei den „Oberen Zehntausend" der Schmuckindustrie beliebt. Ferdinand Hamberger stellte für die Buchhandlung Otto Riecker am Leopoldplatz spätestens ab 1890 bis in die Zeit um 1905 eine eigene Serie von Pforzheimer Stadtansichten im Format 9,5 auf 14,5 cm her, im Kabinettformat auf besonders stabilem Karton aufgezogen. Die Bilder zeigten neben Ansichten von der Enz mit der Auerbrücke oder dem Marktplatz die Hauptsehenswürdigkeiten der Stadt wie die Schlosskirche als Solitär, aber auch neue

Rückseite A. Schmidt, Photograph, Studio mit Glasatelier, um 1890

Denkmäler wie das 1890 an der oberen Bahnhofstraße aufgestellte Denkmal für Kaiser Wilhelm I. oder das neue Schützenhaus auf dem Rod. Als das Kaufhaus Wronker 1899 zunächst am Marktplatz (Nr. 13) eröffnet wurde, besaß es bald ein eigenes „Kunstlicht Atelier“, das gerne die Babys auf Schafsfelle legte oder Kinder mit den neuesten Spielsachen kombinierte, von denen sie sich nach dem Foto vermutlich wieder trennen mussten.

Der Pforzheimer Friedrich Gerwig fotografierte ab etwa 1900 sehr häufig Vereine „unterwegs“, aber auch Grabmäler der Schloß- und Altstadtkirche oder sich selbst vor dem Bildstöckle am Nagoldufer in Weißenstein und ganze Dorfansichten in Pforzheims Umgebung – wertvolle Zeitzeugnisse bis heute. Zu Beginn des Ersten Weltkriegs etwa übernahm Max Wolf das Studio von Carl Fleury und Max Wiesener das Atelierhaus von Albert Schmidt in der Enzstraße (heute Jörg-Ratgeb-Straße). Die Liste ist sicher nicht vollständig, denn eine Pforzheimer Fotografiegeschichte ist bislang noch nicht geschrieben.

Straßen und Plätze zur Mittagsstunde schwarz vor Menschen

Pforzheim, der „Weltplatz für Schmuck“, hatte um die Wende vom 19. zum 20. Jahrhundert eine ganz eigene Sehenswürdigkeit. Das Phänomen erlangte eine gewisse Bekanntheit, wenn nicht Berühmtheit, durch geschäftstüchtige Ansichtskartenverlage und aufmerksame Reisejournalisten. Drei Mal am Tag, morgens vor Arbeitsbeginn, zur Mittagspause und schließlich nach Arbeitsschluss der meisten Pforzheimer Fabriken waren gewisse Straßen in der Kernstadt „schwarz vor Menschen“.
Den Höhepunkt hatte dieses „Kultur“-Ereignis in den Jahren zwischen 1895 und dem Ausbruch des Ersten Weltkriegs. Wobei sich die drei werktäglichen Zeitphasen, der Samstag gehörte damals selbstredend dazu, auch im Charakter unterschieden. Während man früh meist vom Bahnhof über die Bahnhofstraße und den Leopoldplatz oder den Schlossberg und den Marktplatz in die Innenstadt eilte, um sich weiter in die zahlreichen großen und kleinen Schmuckfabriken und Zulieferfirmen zu verteilen, und sich das gleiche Spektakel am späten Nachmittag respektive frühen Abend in der gegenläufigen Richtung wiederholte, so hatte die Mittagsstunde doch ihre eigene Quali- und Quantität.
Nun hatte man etwas Zeit, um zumindest bei gutem, trockenen Wetter mit dem Arbeitskollegen und Goldschmiedebrett-Nachbarn über die neuesten Ereignisse in Pforzheim, Baden und der Welt zu parlieren, mit der besten Polisseusen-Freundin anzubändeln oder jenen manchmal reizenden, manchmal schnippischen Wesen des schöneren Geschlechts mehr oder weniger offene Blicke zuzuwerfen, wenn sie oft zu zweit, zu dritt oder gar zu viert oder fünft untergehakt die „Rennbahn schoben“. Das „Rennbahnschieben“ war der Terminus technicus für das Flani-

Die Westliche Karl-Friedrich-Straße in der Mittagsstunde, um 1905

ernen oder einfach nur Laufen vom Marktplatz bis zum Leopoldplatz und umgekehrt, eben durch die „Brötzinger Gass'", wie die „Pforzemer" jenes schmale Stück der Westlichen Karl-Friedrich-Straße zwischen den beiden zentralen Plätzen der Innenstadt schon seit dem Mittelalter nannten.

Doch warum waren ab 12 Uhr bis maximal 13 Uhr so viele auf den Straßen? Die Mär geht, sie würden von ihren Chefs und

Kapos, ihren Vorarbeitern, kurzzeitig aus der Firma entlassen, quasi ausgesperrt, damit sie nicht auf dumme Gedanken kamen – zum Beispiel ein wenig „Goldgekrätz“ einzustecken.

Die freigesetzte Menge war bunt gemischt, die Postkarten und auch alte Fotografien zeigen es. Es begann mit den 14-jährigen Lehrlingen, die, bereits mit dunklem, oft schwarzem Hut, schwarzer Jacke, schwarzer oder grauer Weste samt Taschenuhr an der in späteren Arbeitsjahren goldenen Kette selbst wie kleine Fabrikanten aussahen. Da waren dann auch die Emaillemalerinnen unterwegs, die Kettenmacherinnen und vor allem die vielen Polisseusen, die den meist eher billigen Schmuck auf Hochglanz zu polieren hatten, mit ihren langen dunkeln Röcken und ihren weißen Schürzen. In den besten Zeiten, etwa 1906, gab es 5015 von ihnen in Pforzheim (und nur vier Polierer). Die Schmuckstadt Pforzheim hatte einen der höchsten Frauenarbeitsanteile der Fabrikstädte im gesamten Deutschen Kaiserreich von Südbaden bis Ostpreußen. Im Jahr 1907 war die Zahl der in den versicherungspflichtigen Schmuckfabriken Pforzheims beschäftigten weiblichen Arbeitskräfte auf 9242 angestiegen. Dies entsprach einem Anteil von 48,36 Prozent (ein erstaunlich hoher Wert, der erst wieder nach dem Zweiten Weltkrieg in der Wirtschaft der DDR erreicht wurde); im Reichsdurchschnitt lag der Anteil der Frauen an den Beschäftigten aller Gewerbe im gleichen Jahr bei 34 Prozent.

Während manche langsam plaudernd und auch vespernd durch die Straßen zogen, standen andere Arbeiter und auch Arbeiterinnen in großen und kleinen Gruppen zusammen. Und dies nicht nur für den Fotografen, der um 1900 mit seiner großen Ausrüstung zumindest bei den nicht so welterfahrenen Lehrlingen noch eine gewisse Aufmerksamkeit erzeugte. Man bestaunte die neusten, damals seltenen Automobile oder sonsti-

gen Fortbewegungsmittel, wie das seit 1901 vom Leopoldplatz Richtung Westen abdampfende „Ittersbacher Bähnle“ oder ab 1911 die Straßenbahn. Man kommentierte die aktuellen Modeerscheinungen mancher Fabrikantenfrauen oder der Professorengattinnen der Großherzoglichen Kunstgewerbeschule, oder schwieg und dachte sich seinen Teil. Man sah Schüler und Schülerinnen mit ihren Lederranzen und Schultaschen, auf dem Kopf die Schülermützen mit ihren farbigen Jahrgangsbändern.
Andere Kinder schlugen Reifen, präsentierten stolz ihr jüngstes Spielzeug, vielleicht ein Modell des neusten kaiserlichen Kriegsschiffes oder gingen an der Hand ihrer Gouvernante im stets peinlich sauber zu haltenden Matrosenanzügle, dem „Bleyle“ aus Stuttgarter Produktion. Andere, kaum älter, brachten Hutschachteln mit den fertigen Wagenrädern (Hüte) ihrer Mutter, der gefragten Putzmacherin, an die Kundin. Oder trugen Sonderblätter der zahlreichen Pforzheimer Zeitungen aus. Oder waren Ausläufer für eines der Pforzheimer Kaufhäuser, die seit Ende der 1890er-Jahre fast wie Pilze aus dem Boden schossen und neue Einkaufserlebnisse und Berufsfelder boten. Oder waren auf dem Rückweg vom „Beck“ mit dem „Schiff“ unterwegs, einem auf einer Schulter tragbaren Korb mit Brezeln oder Wecken gefüllt, für die Arbeiter einer Fabrik.
Während die morgendlichen und abendlichen „schwarzen“ Menschenschwärme sich nach den Kriegszeiten noch eine ganze Weile hielten und selbst heute noch (trotz Gleitzeit) in Ansätzen zu erkennen sind, nahm das Phänomen der typischen Pforzheimer Mittagspause spätestens in den 1970er-Jahren ein Ende, nachdem es über die Jahrzehnte immer schwächer geworden war. Heute sind es andere Ereignisse, meist mit Event-Charakter, die die Innenstadt mit Menschen anfüllen, sie für eine kurze oder längere Zeit „schwarz vor Menschen“ werden lassen.

Der „Eiserne Kanzler“ als Baum-Mörder auf Raten

„Mein Freund, der Baum, ist tot, er fiel im frühen Morgenrot ...“. Sicher erinnern sich manche an diesen Schlager von Alexandra, der Sängerin mit ihrem dunklen Timbre, angeblich aus den Weiten Russlands direkt importiert. Der weibliche Iwan Rebroff, welcher eigentlich aus Berlin stammte und im wahren Leben Hans Rolf Rippert hieß, so wie Alexandra auch nicht als Alexandra geboren wurde, sondern als Doris Wally Treitz. Als kleiner Junge konnte, besser wollte ich ohne die Dauerbeschallung aus meinem kleinen blau-metallischen ITT-Kofferradio mit der kleinen Delle auf der durchlöcherten Metallverblendung des Lautsprechers nicht einschlafen. So kenne ich bis heute ganz viele der damals auf SDR 1 durchgenudelten Schlager („Sie wünschen, wir spielen“ etc.) im Schlaf: „Azzurro“ von Adriano Celentano zum Beispiel, das 1968 auf den Markt kam, „... denn Azzurro heißt blau ...“ – und eben auch Alexandras „frühökologischer“ Hinweis auf das kommende Baumsterben, erschienen im gleichen Jahr.

Und damit sind wir beim Thema des Kapitels, dessen Überschrift Sie vielleicht irritiert hat. Dazu muss man schon mal wissen, wer der „Eiserne Kanzler“ war. Denn das war nicht Herr Kohl, der alles gewendet hat, und auch nicht Herr Adenauer, der in seinem hohen Alter nicht nur beim Boccia-Spielen keine Experimente machte. Nein, es handelt sich um den ersten Kanzler des wilhelminischen Kaiserreichs, um Graf – ab 1871 dann Fürst – Otto von Bismarck, dem die Pforzheimerinnen und Pforzheimer und die Gäste der Stadt seit 1937 im Stadtgarten begegnen können. Dort, wo er dem verheerenden Tornado „eisern“ standhielt (obwohl er aus Bronze ist), welcher in den

Einweihung des Bismarck-Denkmals im Juni 1900, rechts die Linde

Abendstunden des 10. Juli 1968 den halben Stadtgarten auf seiner Bahn verwüstete und es sogar in unser Erdkundeschulbuch geschafft hat.

Otto von Bismarck (1815–1898) wurde nach der Reichseinheit, die er als „Schmied des Reiches“ mit dem von ihm provozierten Deutsch-Französischen Krieg in der „kleindeutschen Lösung“ erfolgreich vollendet hatte, auch im süddeutschen Raum populär. Ja, die Goldene Friedensfeder, die er zur Unterzeichnung der Verträge mit Frankreich 1871 zunächst in Versailles und dann in Frankfurt am Main benutzte, war das großzügige Geschenk eines Pforzheimer Schmuckfabrikanten: Lorenz Bissinger, der in ärmlichen Verhältnissen in Tiefenbronn aufgewachsen war. Zum 80. Geburtstag des ehemaligen Reichskanzlers am 1. April 1895 erreichte die Bismarckverehrung im Deutschen Reich ihren Kulminationspunkt. An diesem Tag erhielt er allein rund hundert Ehrenbürgerschaften, manche aufwendig künstlerisch gestaltet, wie etwa die Ehrenbürgerschaftsurkunde der neun badischen

Städte mit den Originalunterschriften aller Oberbürgermeister, im Pforzheimer Fall Ferdinand Habermehls. Von einer badischen Delegation in Friedrichsruh wurde dem Jubilar die Urkunde hinter Glas in einem schönen epitaphartigen Neorenaissance-Holzschrein übergeben. Darauf durfte er sich als „Schmied des Reiches“ samt Lederschurz und zum kraftvollen Schlag erhobenen Schmiedehammer bewundern. Am gleichen Abend feierten die daheim gebliebenen Honoratioren der Stadt im großen Saal des „Schwarzen Adlers“ am Pforzheimer Marktplatz; und spätestens bei dieser denkwürdigen Gelegenheit wird die erste Idee für ein eigenes Pforzheimer Bismarck-Denkmal wohl geboren sein.

Sie wurde drei Jahre nach dem Tod des Fürsten konkreter, und dann dauerte es nur noch knappe zwei Jahre, bis das Denkmal am 10. Juni 1900 feierlich mit großem Aufwand und noch größerer Beteiligung der Bürger eingeweiht wurde. Die Stadt Pforzheim hatte dabei weder Mühen noch Kosten gescheut und einen ihrer Söhne der Stadt, den aufsteigenden, gerade 32-jährigen Jugendstilbildhauer Emil Dittler mit der Gestaltung der Figur beauftragt. Und sie hatten nicht eine der vielfach aufgestellten populären Bismarck-Statuen genommen, die es quasi von der Stange gab. Das taten sie nur mit dem Denkmal für Kaiser Wilhelm I., das 1890 am oberen Beginn der Bahnhofstraße errichtet worden war und im letzten Jahr des Ersten Weltkriegs der „Metallspende“ übergeben wurde. Der „Eiserne Kanzler“ überlebte beide Metallspenden, auch die im Zweiten Weltkrieg. Da wurde nämlich der „Germane“, das Kriegerdenkmal von 1879 geopfert, der zuletzt seine Heimat im Benckiserpark gefunden hatte.

Für das Bismarck-Denkmal hatten sich die Pforzheimer Stadtväter eine kleine Grünanlage oberhalb der Schlosskirche am Übergang vom Schlossberg zum Bahnhofsplatz ausgesucht, so dass Bismarck hier quasi ein Gegenstück zu seinem „greisen

Kaiser" am anderen Platzende wurde. Außerdem war diese kleine Anlage ein lokalpatriotischer Gedächtnisort, denn hier stand seit bald drei Jahrhunderten eine stattliche Linde, die „Linde der Vierhundert Pforzheimer", die diese angeblich beim Auszug in den Krieg gegen den katholischen Heerführer Tilly 1622 gepflanzt hatten. Sie war seit dem Ende des 18. Jahrhunderts Ort der Verehrung dieser heldischen Pforzheimer Bürger, welche den Rückzug ihres Markgrafen Georg Friedrich von Baden nach verlorener Schlacht bei Wimpfen am 6. Mai 1622 unter Einsatz ihres Lebens gedeckt hatten. Im frühen 19. Jahrhundert war diese Geschichte so populär, dass zum Beispiel der Darmstädter Gymnasiast Georg Büchner seine Abiturrede den „400 Pforzheimern in der Schlacht bei Wimpfen" widmete.

Und nun, im Jahr 1900, sollte diese Linde mit dem Bismarck-Denkmal an ihrer rechten Flanke (der Schlosskirche zu) nach dem Willen der Stadtoberen in eine neue Epoche ihrer Verehrung eintreten. Die alte patriotische Tat der Bürger sollte mit

Bismarck-Denkmal mit toter „Linde der 400 Pforzheimer", Zustand 1906

der neuen patriotischen Tat des Staatsformers Bismarck eine staatstragende Gemeinschaft eingehen. Doch, wie die Erfahrung zeigt, nicht jede Ehe verläuft erfolgreich: Hier starb die Linde durch den Bismarck, starb die altehrwürdige Braut durch den eisernen, also bronzenen, und aufgrund des massiven Steinsockels schweren Bräutigam einen qualvoll langsamen Tod. Das ist auf den Ansichtskarten, die in den nächsten Jahren erschienen, problemlos nachzuvollziehen. Wie sich die Linde auf der Seite des Denkmals langsam entlaubte, einen großen Teil ihrer perfekt kugelförmigen Krone Stück um Stück einbüßte, wie sie schließlich der Krone beraubt und damit getötet wurde, noch ein paar Jahre als Relikt efeubewachsen erhalten blieb, um dann ganz herausgerissen zu werden.

Hätten die Stadtplaner im Jahr 1900 nur ein wenig nachgedacht und den obersten Stadtgärtner zu Rate gezogen, der über den Umfang des Baumwurzelfeldes Bescheid wusste. Er hätte sicher gleich sagen können, dass durch das reine Gewicht des Denkmals der Baum keine Chance hatte langfristig zu überleben. „Seit Frühjahr 1906 hatte der Baum nicht mehr ausgeschlagen, war also abgestorben. Man pflanzte Epheu und wilden Wein an den Stamm, um das mächtige Baumgerippe ganz mit Schlingpflanzen umwuchern zu lassen. Leider erwiesen sich Aeste und Stamm mit der Zeit so morsch, daß ein Zusammenbrechen zu befürchten war“, kommentierte der Schreiber der handschriftlichen „Chronik der Stadt Pforzheim“ das Ereignis. So starb die historische Linde und wurde am 5. Februar 1909 umgehauen – und damit knapp neun Jahre nach der Denkmalsetzung ...

Es ging viel langsamer als im Lied von Alexandra, wo ein Morgenrot für die mörderische Tat ausreichte, die ich als Kind immer mit Tränen kommentierte. Da war „Azzurro“ doch entschieden fröhlicher.

Kleinkriminalität im letzten Kriegsjahr 1918

Datenschutz, so wie wir ihn heute kennen, gab es vor 100 Jahren nicht. Da wurden noch, bis auf seltene Ausnahmen, Ross und Reiter genannt, wenn die Rubrik „Gerichtsverhandlungen“ über die neuesten Fälle der Karlsruher Strafkammer oder des Schöffengerichts Pforzheim im *Pforzheimer Anzeiger* berichtete. Krisenzeiten riefen auch in der Industriestadt Pforzheim besondere Arten oder zumindest Häufigkeiten von Kleinkriminalität hervor. Und gerade dann war ein gründlicher Bericht, samt detaillierter Schilderung der gerichtlichen Folgen und Abschreckung möglicher Nachahmer, von besonderer Bedeutung.

Ich schildere einige Beispiele aus dem letzten Kriegsjahr, dem Frühjahr 1918: Die Fronten hatten sich längst verhärtet, die Bevölkerung daheim war müde geworden, kriegsmüde, Kriegsanleihen-zeichnungsmüde, müde, die Todesanzeigen mit den stets ähnlichen Worten unter dem Eisernen Kreuz zu lesen: „Schmerzerfüllt ...“, „Unser geliebter unvergesslicher hoffnungsvoller Sohn ...“, „Mein lieber herzensguter Mann, der treubesorgte Vater ...“, „Durch einen Kopfschuss den Heldentod fürs Vaterland erlitten ...“, „Auf dem Felde der Ehre ...“, „In der Schlacht bei ... .“ Die Versorgungslage war nach dem Kohlrübenwinter noch prekärer geworden und so wurde auch in Pforzheim „organisiert“.

So heißt es im Polizeibericht vom 21. Juni 1918 unter anderem: „Entwendet wurde am 15. Juni aus einer Fabrik in der Luisenstraße hier ein Treibriemen von 6 Meter Länge und 9–10 Zentimeter Breite. – Aus einem Sägewerk im Würmtal wurde in der Nacht zum 17. Juni ebenfalls ein Stück Treibriemen entwendet. – [...] – Vom 17. auf 18. Juni wurde in einem verschlossenen Garten im Gewann „Wanne“ eingedrungen und ein 12 Wochen alter Ziegenbock, sowie vier Hasen entwendet und vermutlich sämtliche Thiere auf der Stelle getötet. Es kommen vermutlich zwei Täter in Betracht."

Lebensmittel – und nicht nur diese – waren schon seit Kriegsbeginn oder spätestens seit den ersten Kriegsmonaten rationiert. Und die Rationen wurden Jahr um Jahr schmäler. Da blieb es nicht aus, dass vor allem Mangelwaren wie Zucker Begehrlichkeiten (oder auch nur Sehnsüchte nach „Friedensgeschmack") hervorriefen. So verhandelte die Karlsruher Strafkammer am 28. Mai 1918 folgenden Pforzheimer Fall – hier so wiedergegeben wie im *Pforzheimer Anzeiger* am 31. Mai zu lesen, nur die Nachnamen sind abgekürzt:

„Der Volksschüler Gustav S., der Schüler August F., beide aus Pforzheim, stahlen gemeinsam mit dem Schüler Willi H. und der Schülerin Anna N. am 16. Februar [1918] auf dem Bahnhofe zu Pforzheim aus einem verschlossenen Güterwagen, dessen Plomben sie abschlugen, 50 Pfund Zucker, der der Zuckerfabrik Waghäusel gehörte. Das gestohlene Gut kaufte die Frau Johanna H. aus Niefern zum Teil ab, in dem sie von dem H. sich 5 Pfund Zucker geben ließ und dafür 70 Pfg. bezahlte. S. stahl weiter einem Landsturmmann aus dem Mantel auf dem Güterbahnhof zu Pforzheim einen Geldbeutel mit 7.30 Mark Inhalt. Das Gericht verurteilte den S. wegen mehrfachen zum Teil schweren Diebstahls unter Einrechnung einer früheren Strafe zu einer Gesamtstrafe von 4 Monaten Gefängnis, den F. zu 2 Wochen Gefängnis und die Ehefrau H. wegen Hehlerei zu 3 Tagen Gefängnis. Die beiden anderen Diebe standen nicht unter Anklage."

Manche, noch sehr junge Pforzheimer, entwickelten eine Findigkeit und Hartnäckigkeit, ihre ganz privaten Ziele zu verfolgen, die manchmal noch sehr kindlich waren, wie in diesem Fall, der am 2. Mai 1918 im *Anzeiger* unter „Gerichtsverhandlung" zu lesen war:

„Friedrich F. aus Pforzheim, der am 3. Juni 1904 geboren, also noch keine 14 Jahre alt ist, hat in Pforzheim eine ganze Anzahl Betrügereien und Betrugsversuche vorgenommen. Er war bei der Gartenverwaltung der Stadt Pforzheim beschäftigt und hatte dort gesehen, wie die Stadtverwaltung die Bestellungen vornimmt, nämlich durch Ausstellen von Bestellzetteln. Er verstand es, auf den Namen eines Lehrers aus Oeschelbronn einen solchen Bestellzettel zu fälschen und schwindelte sich daraufhin bei einem Papierhändler verschiedene Papierwaren heraus. Auf den Namen des Waisenhauses bestellte sich F. Spielwaren im Werte von 700 Mark: Geschütze mit Pferden, 400 deutsche, 400 feindliche Soldaten, Zeppeline mit Hallen, 4 große Kriegsschiffe, Kreuzer u.s.w., Fußbälle u.a. Der Inhaber der Spielwarenhandlung merkte aber den Schwindel und gab dem Burschen nichts. Bei einer Waffenhandlung wollte sich F. für das städtische Tiefbauamt (Kläranlage) ein ganzes Arsenal von Browningpistolen, Revolvern und Geschossen im Gesamtwerte von etwa 3000 Mk. geben lassen. Er hatte hier aber gleichfalls kein Glück, ebenso nicht in einem optischen Geschäft, wo er sich Feldstecher (er schrieb auf seinen Bestellzetteln „Fernstecher") ergaunern wollte. Mehr Glück hatte er in zwei anderen Geschäften. In dem einen konnte er vier Verbandskasten, Taschen- und Hausapotheken im Gesamtwerte von 80 Mark und in dem andern, einer Weinhandlung, 5 Flaschen Sekt (Deinhart Kabinett), 5 Flaschen Aßmannshäuser und 5 Flaschen Oppenheimer, ergattern. Bei der Weinhandlung machte F. seine Bestellung auf den Namen „Bezirkskommando, Stadtgemeinde Pforzheim" und gab an, der Wein sei für ein Lazarett bestimmt. In zwei Geschäften versuchte F. vergeblich, Feldstecher und Taschenlampen im Werte von 300 und 350 Mark herauszuschwindeln, in einem Hutgeschäft und in einem Schuhgeschäft erschwindelte er sich eine Anzahl Wickelgamaschen und 5 Mützen. Endlich prellte er noch den Inhaber eines Papierwarengeschäftes um Schreibwaren. Die von ihm erlangten Gegenstände verwandte F. zumteil, zumteil bewahrte er sie in der Wohnung seiner Eltern auf, wo sie später beschlagnahmt wurden. Den Wein ließ er durch einen jüngeren Spießgesellen für 5 Mk. an seinen Vater verkaufen, der ihn mit seiner Familie trank und sich deshalb heute wegen Hehlerei zu verantworten hatte. Das Gericht verurteilte den jungen Friedrich F. wegen mehrfacher Urkundenfälschung und Betrugs zu 5 Monaten Gefängnis, den Vater Heinrich F. wegen Hehlerei zu drei Monaten Gefängnis. Von den Strafen sind je 3 Wochen durch die Untersuchungshaft verbüßt."

„Gelegenheit macht Diebe" galt schon 1918, auch bei der Kaiserlichen Reichspost, deren Pforzheimer Zentrale sich in einem fast schlossartigen, neobarocken Repräsentationsbau an der Luisenstraße in Bahnhofsnähe befand. Die Strafkammer Karlsruhe verhandelte am 25. Juni, wie es zwei Tage später in den *Anzeiger* gerückt wurde, den Fall der „Postaushelferin Elisabeth H. aus Pforzheim", die bei der Pforzheimer Postanstalt beschäftigt war.

Erste Kriegsbriefträgerinnen, 1916

Anstehen für Milch an der Bahnhofstraße, hinten Hotel Sautter, 1917

„Sie hatte dort Postsendungen auszutragen, bestellte aber in 104 Fällen Briefe und Postkarten nicht, sondern nahm sie mit nach Hause. Einen Brief öffnete die H. widerrechtlich. Zwei Pakete behielt sie für sich und verschenkte, verkaufte und verbrauchte die Eßwaren und die Seide, die darin waren. Den Betrag von 14 Mark, den ihr ein Soldat zur Einzahlung bei der Post gegeben hatte, unterschlug die H. Ein Feldpostpaket, das sie befördern sollte, unterschlug sie gleichfalls und verzehrte den darin enthaltenen Kuchen. Endlich erschwindelte die H. noch Geldbeträge in Höhe von 20, 5 und 15 Mark. Wegen Amtsunterschlagung und Betrugs wurde sie zu 6 Monaten Gefängnis, ab drei Wochen Untersuchungshaft, verurteilt.“
Sechs Tage zuvor hatten die Leserinnen und Leser des *Anzeigers* bereits erfahren können, dass einem manchmal ein Gefängnis das Hotel in Bahnhofsnähe ersetzen kann – Hauptsa-

che versorgt. Mir ist ganz klar, das ist nur eine Deutung der recht neutralen Beschreibung des Vergehens:
„Die Heinrich F. Ehefrau Anna, geb. U. von hier, wohnhaft in Kaiserslautern, begab sich am 24. Mai 1918 ohne jegliche Mittel ins Hotel Sautter hier und ließ sich ein Zimmer anweisen und gleich nach ihrer Ankunft auch Frühstück aufs Zimmer reichen und 10 Zigaretten im Werte von 3.50 Mark. Als sie nicht bezahlen konnte, verschwand sie. Später begab sie sich ins ‚Hotel International' und bestellte sich Wein. Als sie auch diesen nicht bezahlen konnte, ließ die Wirtin sie verhaften. Wegen Betrugs in zwei Fällen erhielt die F. drei Wochen Gefängnis, abzüglich eine Woche Untersuchungshaft."
Und gleich darauf schloss sich der Fall eines Brötzinger Arbeiters, Johann Georg M. an, der „ohne dringenden Grund sich beharrlich geweigert" hatte, den ihm auferlegten Kriegsarbeitseinsatz anzutreten und abzuleisten. „Er rief die Entscheidung des Schöffengerichts [Pforzheim] an, weil er seine Zeit zur Bebauung seiner Grundstücke nötig gehabt habe, auch der ihm zugesicherte Lohn ihm zum Lebensunterhalt nicht ausgereicht hätte. Er erhielt 5 Tage Haft." Vielleicht hatte Johann Georg M. noch am 8. April über folgende Nachricht des Polizeiberichts selbst schmunzeln müssen: „Aufgefunden wurde am 6. April, abends, vor einem Hause der Tunnelstraße hier eine frischgeschlachtete, gerupfte und ausgenommene Gans, die ohne Zweifel von einem Diebstahl herrührt." Tja, ganz von allein hingeflogen konnte die Gute wohl kaum sein.

„Black-People“ und ein neues Lebensgefühl in den wilden Zwanzigern

Gab es die „Wilden Zwanziger“ auch in Pforzheim? Die „Roaring Twenties“, die Hektik und Betriebsamkeit nach Ende des Ersten Weltkrieges, die Lust am Leben, die vor allem für die „Verlorene Generation“ ein neues Lebensgefühl bedeutete, eine neue Freiheit vor alten Zwängen der kaiserlich-militaristischen Vergangenheit? Waren die „Goldenen Zwanziger“, jene nur sechs Jahre währende Phase zwischen dem Ende der Hyperinflation im Herbst 1923 und dem Beginn der Weltwirtschaftskrise im Herbst 1929, in der Goldstadt Pforzheim auch golden oder nur „doublé“? Die Jahre würfelten auch in der jungen Weimarer Republik alles durcheinander. Nun durften Frauen wählen und gewählt werden, nun befreiten sie sich endgültig vom Korsett und bekamen mit dem Bubikopf und der tief sitzenden, kaum eingeschnittenen Taille und einem Rock, der unter dem Knie endete, eine neue optische Linie – sportlich, jugendlich, selbstbewusst und in gewisser Weise männlich.
Völlig neue Einflüsse brachte die allgemeine Technisierung, vor allem im Bereich Transport und Massenkommunikation, wie das Radio, das in den 1920ern seinen Siegeszug begann. Dieses führte die Menschen zusammen, machte die Schlager der Revuen und Operetten in den deutschen Metropolen publik, holte das Tanzorchester in die Wohnung, wo man den großen Familientisch und die meisten Stühle entfernte, um eine der beliebten Hauspartys zu feiern. Die neuen Modetänze, geprägt vom amerikanischen Jazz, spiegelten das Tempo und den Rhythmus der Zeit wider, allem voran der Charleston. Das war der berühmte „Tanz auf dem Vulkan“ – die Ikone war die afro-amerikanische Tänzerin und Sängerin Josephine Baker.

Und die afro-amerikanische Kultur fand auch ihren Weg nach Pforzheim, so zum Beispiel in den Städtischen Saalbau (wo heute das Reuchlinhaus beim Stadtgarten steht). Am Mittwoch, den 11. Mai 1927, gab es dort abends 20 Uhr einen „Welt-Erfolg" zu sehen, ein einmaliges Gastspiel „der berühmten Negerrevue [...] Black-People", mit allem, was das amerikanische Tourneeunterhaltungsgeschäft zu bieten hatte: „Original-Ausstattung, Tänzer, Tänzerinnen, Chor, Jazz-Symphonie-Orchester, die berühmtesten farb[igen]. Künstler Newyorks", wie die Anzeige im *Pforzheimer Anzeiger* vom 6. Mai 1927 verkündete, auf der auch „Black-People" in Aktion abgebildet waren. Hatte man noch vor gar nicht langer Zeit auf Jahrmärkten, Volksfesten und in Zoos „Völkerschauen" mit Neugier und dem beruhigenden Gefühl, doch wesentlich „zivilisierter" zu sein, betrachtet, so änderte sich der Blick jetzt gerade bei der jungen Generation, die den Krieg überlebt hatte. Diese lebenshungrigen Menschen schauten nun mit Faszination und Bewunderung auf die vermeintliche Wildheit und Unbekümmertheit der schwarzen Künstler, auf ihre Musikalität, ihren Rhythmus, ihren Blues.

Hatte jemand in Pforzheim schon vor 1923 Kontakt mit Schwarzen gehabt? Sicher, jene Pforzheimer, die in den Kolonien des Deutschen Kaiserreichs lebten, in Deutsch-Südwest- oder Deutsch-Ostafrika, jene, die

Anzeige im *Pforzheimer Anzeiger* vom 6. Mai 1927 zur „Black-People"-Revue im Saalbau

Edelsteine und Diamanten aus Afrika bezogen, die zwar mit den weißen Besitzern in Südafrika verhandelten, aber vor Ort die Schwarzen sahen, welche teilweise wie Sklaven behandelt wurden. Dass Pforzheimer Schmuck in alle Welt verhandelt wurde und – in seinen Bestandteilen Gold, Silber, Platin und Edel- und Halbedelsteinen – auch aus aller Welt zusammengefügt war, war bekannt. So war es auch beim 1922 errichteten Erweiterungsbau der „größten Kettenfabrik der Welt", wie sich Kollmar & Jourdan in der äußeren Bleichstraße nicht ohne Stolz nannte, ganz selbstverständlich, dass in den Majolika-Medaillons an der Fassade zur Bleichstraße alle fünf Kontinente verewigt wurden: Afrika, Australien, Europa, Asien und Amerika. Die grauen Porträt-Köpfe vor grünem Hintergrund lassen den in jedem Medaillon erkennbaren goldenen Schmuck noch deutlicher hervortreten.
Auch in den berühmten Künstlermaskenfesten, die Professoren und Studenten der Pforzheimer Kunstgewerbeschule Mitte der 1920er-Jahre feierten, kamen das Fremde und Exotische nicht zu kurz. So beim „Ersten Pforzheimer Künstler-Maskenfest" am 7. Februar 1925 in allen Räumen des Saalbaus mit zwei Ball-Orchesten und einer Jazzband. Die jeweils besten fünf Frauen- und Männerkostüme wurden prämiert. Höhepunkt des Spektakels, von dem Teilnehmer und Aktive noch Jahrzehnte später mit glänzenden Augen schwärmten, war das „Phantastische Bühnenspiel: Der Traum des Goldschmieds" mit von Maler Prof. Bert Joho und seiner Frau, der Designerin Vera Joho, entworfenen Kostümen und einer Choreographie der 20-jährigen Fabrikantentochter Anne-Lise Dittler, die später als Ballettmeisterin Anja Römer-Hahn in Pforzheim Bekanntheit erlangte. Diese Tanzpantomime im Stil des „Modern Dance" zeigte den Traum eines verzweifelten Goldschmieds, der aus Armut seine

Entwürfe der fünf Erdteile zum „Traum des Goldschmieds“
von Prof. Bert Joho, 1925

Entwürfe nicht umsetzen kann, dargestellt vom jungen Bildhauer Edward Mürrle.

Die Ballgäste waren von der Aufführung begeistert, am 9. März gab es darum eine Wiederaufführung im Pforzheimer Schauspielhaus in der „Brötzinger Gass“ nahe beim Leopoldplatz, ergänzt um Ballettstücke aus Tschaikowskys „Nussknacker“, getanzt von Anne-Lise Dittler, die im „Traum“ das „Gold“ getanzt hatte, in dem sie alle Edelsteine samt Perle zu Schmuckstücken zusammenführte. Alle Beteiligten sind auch heute noch namentlich bekannt. Ich selbst traf bei einer Neuinterpretation im Stadttheater Pforzheim, damals noch im Osterfeld, 1989 als Begleitveranstaltung zur „Ornamenta“, einige Zeitzeugen, darunter war auch die Darstellerin von „Afrika“, Elfriede Blaich, 1925 Antritter, die ein echtes Leopardenfell getragen hatte. Ob sie am ganzen Körper dunkel geschminkt war, habe ich mich damals nicht zu fragen getraut. Sie war auch noch mit Ende 80 eine stattliche Erscheinung und sichtlich stolz, dabei gewesen zu sein. Das Schminken wäre übrigens leicht mit angekohlten Korken zu bewältigen gewesen, ein ehemaliger Ministrant verriet mir jüngst dieses Geheimnis, wie es auch die Sternsinger in Pforzheim nutzten.

Nach dem Zweiten Weltkrieg, durch die neue Offenheit der Staaten und Handelsbeziehungen, durch politische und Wirtschaftsflüchtlinge, durch Studenten aus amerikanischen und afrikanischen Ländern, kamen immer mehr Schwarze auch ins Pforzheimer Stadtbild und engagierten sich wie „Bruder Martin“ (Martin Ngnoubamdjum aus Kamerun, 1946–2020), der u. a. das „Afrika-Festival“ ins Leben rief, in vielfältiger Weise. Die ab 1946 geborenen Besatzerkinder allerdings hatten es besonders schwer. Sie waren in seltenen Fällen Kinder der Liebe, sondern leider häufig das Ergebnis eines Phänomens der Rechtsfreiheit des unmittelbaren Kriegsendes, als Pforzheim nach elftägigem Kampf um die Ruinenstadt im April 1945 schließlich ganz von den Franzosen erobert und vom nationalsozialistischen Regime befreit wurde. Die französische Armee hatte Kolonialtruppen aus Marokko und Tunesien an die vorderste Front gestellt, sie erlitten dadurch hohe Verluste und hatten drei Tage „Plünderungsrecht“. In Pforzheim wurden Bank- und Fabriksafes gesprengt, aber eben leider auch Frauen fast jeden Alters vergewaltigt. Die Kinder waren (wie die Mütter) Gezeichnete und reden auch heute nicht gerne über ihre (meist marokkanische) Abstammung und die Zeit, als sie von ihren Klassenkameradinnen und Kameraden als das „kleine Negerle“ bezeichnet wurden oder als „Sarotti-Mohr“.

„Eine halbe Stunde lang tote Stadt“

„‚Der Führer‘ muss in jedes Haus! Die Judenpresse fliegt hinaus!“ Solche Parolen fanden sich am 31. Dezember 1930 im Hauptorgan der NSDAP im Gau Baden, der Halbwochenschrift *Der Führer,* die seit 5. November 1927 zunächst nur einmal wöchentlich im Führer Verlag Karlsruhe erschien. Gründer und erster Herausgeber war niemand Geringerer als Robert Wagner, Gauleiter der NSDAP und späterer Reichsstatthalter. Politisch interessierte Pforzheimer kannten Robert Wagner, hatte er doch im März 1925 hier in Pforzheim die NSDAP-Ortsgruppe nach ihrem Verbot wiedergegründet, noch vor der Restitution der Gesamtpartei in Baden. In den Jahren ab 1929 war die NSDAP, wie in vielen Ländern der Weimarer Republik, auch in Baden auf dem Vormarsch. Dies bezeugen die Ergebnisse der Reichstagswahlen. Der Stimmenanteil der Nationalsozialisten stieg von 2,8 Prozent im Mai 1928 auf 19,4 Prozent im September 1930; Im Juli 1932 waren es in Pforzheim, dessen Schmuck- und Uhrenindustrie durch die Weltwirtschaftskrise schwer gebeutelt wurde, sogar 48,9 Prozent der Wählerstimmen. Ab Januar 1931 erschien denn auch *Der Führer* allwerktäglich. Zuständig für Pforzheim und Durlach war die Nebenausgabe „Karlsruhe Land“, die für die Geschichte Pforzheims im Nationalsozialismus eine wichtige Quelle darstellt.

Als ich vor über 25 Jahren, von Juni 1994 bis Juni 1995, als freier Mitarbeiter im *Pforzheimer Kurier,* einem noch heute existierenden Kopfblatt der *Badischen Neuesten Nachrichten,* eine zeitungsgeschichtliche Serie über Pforzheim schrieb, stieß ich bei der Recherche auch auf dieses Karlsruher Kampfblatt voller „Weckrufe nationalsozialistischen Glaubens und Wollens“, wie der Untertitel der ersten Ausgaben dieser Karlsruher Zeitung

Luftaufnahme der südwestlichen Innenstadt um 1935, vorne der Saalbau, hinten der „Platz der SA“ (Turnplatz)

hieß. Die heftigen Wahlerfolge der NSDAP in Baden gaben dem Blatt ab 1931 Rückenwind und die Abonnentenzahlen stiegen stetig an. Die Auseinandersetzungen mit den Gegnern von links, aber auch mit der bürgerlichen Presse (wie den Blättern des katholischen Zentrums, in Pforzheim das *Pforzheimer Morgenblatt*) wurden immer unerbittlicher und härter – und es blieb nicht nur bei Wortgefechten. Im Mai 1931 kam es zu einer Keilerei mit Kommunisten im Karlsruher „Führer-Verlagshaus“, daraufhin wurde das nationalsozialistische Blatt für zwei Wochen verboten. Im Jubiläumsjahr 1937, zum zehnjährigen Bestehen der Zeitung, rühmte man sich gar: „Siebenmal verboten! Neunmal beschlagnahmt! 65 Prozesse!“ in den Jahren 1931 und 1932.
In diesem Jubiläumsmonat November 1937 erfuhren die Pforzheimer Leserinnen und Leser unter Rubriken wie „Pforzheimer Wochenbrief“, „Pforzheimer Theater- und Musikbrief“, „Pforzheimer Ereignisse“ oder „Pforzheimer Allerlei“ beispielsweise vom ersten Probeeinsatz der neu angeschafften Alarmsirenen unter

der Überschrift „Alarmsirenen stellten sich vor“. Acht Tage später, am Samstag, den 13. November 1937, folgte auch prompt ein enthusiastisch formulierter Bericht über die erste Luftschutzübung in Pforzheim. Und dieser Bericht blieb mir vor allem aufgrund seines Titels in Erinnerung, denn er lautete: „Eine halbe Stunde lang tote Stadt“. Zwei Jahre später war der Krieg da und kaum acht Jahre später war der zweite Teil der Schlagzeile Realität geworden, und das nicht nur für eine halbe Stunde. Folgendes bekamen damals die Abonnenten und Leser des *Führers* zu lesen, zunächst am Freitag, den 5. November:

„Sirenen! Wie wohl klingt euer Name, wie lockten eure süßen Töne die Seefahrer, denen Odysseus die Ohren mit Wachs zustopfen musste, damit sie den Verführungen der Meerweiber nicht unterliegen! Die neuen Sirenen, die sich Pforzheim soeben angeschafft hat, locken nicht, sondern warnen. Und die erste Probe am Mittwochnachmittag – es war der 3. November 1937 – hatte so durchdringenden Erfolg, daß man sich fast auch die Ohren zugestopft hätte. Vier Alarmgeräte sind in der Stadt angebracht, eines in der Nordstadt, das zweite im Stadtkernbild, das dritte im Sedanviertel und das letzte in der Weststadt. Beim Probealarm heulten alle vier Sirenen zusammen und erfüllten die Täler und Höhen mit ihren Tönen. Der hohe, auf- und abklingende Ton in unruhiger Wellenlinie ist Fliegeralarm. Bleibt der Ton gleichmäßig hoch, dann ist die Fliegergefahr vorbei. Ein anhaltender dumpfer Ton etwa, als brülle ein Ozeanriese in Hamburg sein Abschiedslied im Hafen, ist Feueralarm. Die Anlage, die von der Polizeidirektion aus dirigiert wird, hat sich bewährt, die ganze Bevölkerung kennt jetzt genau die Unterscheidungen und vor allem: keiner hat die Sirenentöne überhört. Die Probe brachte keinerlei Unterbrechungen der Arbeit in der Stadt. Übernächste Woche dagegen wird eine große Alarmübung in der Mittelstadt abgehalten, die dann Bewegung in die Straßen bringen wird. Der Alarm wird unverhofft ertönen, nur die Grenze seines Wirkungsbereichs wird vorher bekannt gegeben werden. Und heulen dann die Sirenen, dann rette sich wer kann, in die Unterstände.“

So weit der kurze Bericht über den ersten Probealarm am Mittwoch, den 3. November 1937, erster und wichtigster Absatz unter der Überschrift „Pforzheimer Allerlei“ in der Freitagsausgabe. Am 13. November folgte dann jener ausführliche Bericht mit seiner rückblickend betrachtet verstörenden Headline:

Seite 10 / Samstag, 13. November 1937

Eine halbe Stunde lang tote Stadt

Luftschutzübung in Pforzheim

„Pforzheim, 12. Nov. Nach der kürzlichen ‚Hörprobe‘ mit den vier neuen großen Alarmsirenen war am Mittwoch eine große Fliegeralarm-Uebung im Kernbild der Stadt, zwischen der langen schwarzen West-Ost-Linie der Bahngeleise und der blauen des Enzflusses, abgegrenzt durch das Gaswerk östlich und das Benckiserbad bzw. Brauerei Beckh im Westen. Die Uebung war ganz auf den Ernstfall eingestellt und mußte daher notwendigerweise schwer ins Leben und Treiben der Stadt eingreifen. Niemand wußte, wann ‚der Sturm losbricht‘, es war nur bekannt, daß es am Mittwoch ist. Darin lag der besondere Wert des Unternehmens.

Ganz plötzlich. Punkt drei Uhr, gellten die Sirenen in den durchdringenden abwechselnd hohen und tiefen Tönen. Die Uebungsleitung im Beisein des Kreisleiters [seit 1936: Hans Christian Knab], des Standartenführers und der Leitenden der Parteigliederungen und der einschlägigen Behörden, wollte die Wirkung der ersten ‚Schreckschußsekunde‘ an Pforzheims Hauptbrennpunkt des Verkehrs beobachten, am Leopoldsplatz, und sie fuhr dann in mehreren Wagen das ganze Alarmgebiet zur Prüfung ab. Als brannte der Boden unter den Füßen aller, so stürzten und spritzten die Menschen, alte, junge, Männer, Frauen in größter Hast aus den Straßen in die Schutzräume der benachbarten Häuser oder in die großen Sammelräume, in die die Polizeiposten und Luft-Schutzleute verwiesen. In weniger als zwei Minuten waren auch die sonst belebtesten Adern des Verkehrs so vollständig tot, daß eine unheimlich anmutende Stille und Leere eintrat. Nur immer ein Mann im Helm oder mit der blauen Armbinde und dem Strahlenstern darauf war zu sehen in der langen Flucht der Straßen an deren Kreuzungspunkten. Mit Blitzsschnelle hatte sie noch Augenblicke zuvor die letzten irrenden Menschen in die Verstecke dirigiert, so eine brave Tante in einem Seitengäßchen, die hilflos wie aus den Wolken gefallen stand und starrte nach allen Himmelsstrichen.

Das ewig ‚laufende Band' der Fahrzeuge lag wie festgenagelt an den beiden Straßenrändern, alles bunt durcheinander. Nur wo Hydranten sind, war alles frei. Auch die Straßenbahnen waren stehengeblieben wie Loths Weib, das zur Salzsäule verwandelt war, als es sich noch lange umschauen wollte nach dem Feuerregen. An den Häusern gingen die Fenster- und Rolläden herunter (allerdings noch nicht überall!), nichts rührte sich mehr vor Läden und Gaststätten.

Der Erfolg der Uebung war ‚total', ihr Zweck vollständig erreicht: Zwischen dem ersten Warnungston und der ‚Angriffshandlung' war alles Leben aus Straßen und Höfen verschwunden und 50 ‚Bomben' fielen mächtig dröhnend ins Leere im ganzen Alarmgebiet, drei Kilometer lang und 500 Meter breit, die die Wagenkolonne der Uebungsleitung durchfuhr.

In einem Teil der Oststadt war zugleich der Selbstschutz eingesetzt. Seine Amtswalter patrouillierten auf ihren Posten und

hatten überall gründlich Dienst getan. Das zeigte sich in jedem Haus, das man stichprobenweise betrat. Eine Frau als Stellvertreterin eines abwesenden Luftschutzhauswartes stand bereits hinter der Türe, vorschriftsmäßig hatten sich alle Hausbewohner in die Keller begeben, eben trug man das Kleinste in den Windeln noch hinunter, gut warm verpackt ...
Das war ein Schauspiel, als der sehnlich erwartete langgezogene hohe Sirenenton die Luft durchschnitt und die Stadt ‚entwarnte'. Wieder standen wir am Leopoldsplatz. Aus allen Löchern kam es herausgeströmt, ein Rudel Pimpfe bevölkerte als erstes die Stadt, in der alles gelähmt und tot schien, wie im Zaubermärchen. Dann aber fing es an zu wimmeln und zu wuseln, und Leben und Bewegung kam wieder in alle Adern, der alte Zustand war wieder hergestellt, der Verkehr ging seinen gewohnten Gang weiter. Genau eine halbe Stunde lang hatte die Uebung gedauert, für deren sehr gutes Ergebniß der Leiter, Polizeidirektor [seit 1934 Dr. Kurt] Wehrle, den Einwohnern verdientermaßen seine volle Anerkennung und Dank aussprach. Willig hat jeder Volksgenosse sich dem Dienst an der Gesamtheit untergeordnet, was für manchen ein Opfer bedeutete. Es zeigte sich, daß die Verhaltungsmaßregeln bei Fliegerangriffen allen ins Gewissen eingegangen sind. An der Uebung waren außer den Polizeibeamten eine Anzahl Amtswalter des RLB [Reichsluftschutzbund] eingesetzt, die mit Takt und Umsicht ihres Amtes walteten.
Und die Fremden, die das Ueberraschungs-Schauspiel miterlebten, werden wohl ein wenig gestaunt haben, zu erkennen, wie das deutsche Volk bis zum letzten Menschen Disziplin hält, wenn dem Vaterland Gefahr droht. [gez.] -r."
So weit die propagandistisch gefärbte Berichterstattung des NSDAP-Blattes *Der Führer* (Ausgabe „Karlsruhe-Land") über das Ereignis vom Mittwoch, den 10. November 1937. „Loths

Zerstörungen an der Oberen Au nach dem 1. April 1944

Weib", das im Bericht 1937 angesprochen wurde, ziert übrigens seit 1968 auf Wunsch der Kirchengemeinde als Türgriff das vom Künstler Ulrich Henn geschaffene bronzene Hauptportal der neuen Stadtkirche und warnt davor, in der Trauer über den Verlust in Stillstand und Depression zu erstarren.
Vom Kriegsausbruch bis zum 23. Februar 1945 gab es insgesamt 562-mal realen Fliegeralarm in der Stadt mit einer Gesamtdauer von rund 612 Stunden, d. h. 25,5 Tage saßen die Menschen in ihren Kellern und Schutzräumen, manchmal sogar bis zu vier Stunden am Stück, bis die ersehnte Entwarnung kam. Beim achten Alarm in den frühen Morgenstunden des 19. August 1940 kam es zu einem Bombenabwurf durch ein einziges Flugzeug über dem Stadtteil Brötzingen. Der Anbau mit der Kegelbahn des Gasthauses „Waldhorn" wurde zerstört und ein Wohnhaus am Anfang der Dietlinger Straße brannte aus. Personenschäden gab es keine. Aber gewiss einen „Trümmertourismus", wie er auch aus anderen Städten nach den ersten Angriffen überliefert ist.

Die Anzahl der Alarme pro Jahr erhöhte sich langsam, jedoch stetig, um dann ab Mitte 1943 deutlich zuzunehmen. Am Vormittag des 1. April 1944 kam es zum nächsten Bombenabwurf, diesmal auch mit Todesfolge, dann wieder am frühen Morgen des 25. Juli. Ab Oktober 1944 wurden die Angriffe dichter. Erste Bomben fielen nun häufiger auch vor Auslösung des Alarms, sogar einmal ganz ohne Alarm. Auch an Heiligabend und am ersten Weihnachtsfeiertag gab es Angriffe mit tödlichem Ausgang, dann gab es bis zum 3. Januar 1945 keinen Bombenabwurf mehr, aber allein 19-mal Fliegeralarm, manchmal fünfmal am Tag. Auch am 23. Februar 1945 war schon viermal „Akute Luftgefahr“ und „Entwarnung“ gegeben worden. Der 562. Alarm seit Beginn der Aufzeichnung durch die Stadt, gegeben 19.48 Uhr, der 106. allein seit Jahresbeginn 1945, läutete dann den verheerenden Luftangriff ein: 1551 Tonnen Spreng- und Brandbomben, darunter allein 330 Luftminen („Wohnblockknacker“) mit jeweils 4000 Pfund legten die Stadt in Schutt und Asche. Fast der gleiche Bereich der Stadt wie bei der Übung 1937 war danach tot und rund 20 000 Menschen in ihm, etwa ein Drittel der damaligen Wohnbevölkerung. Dies war eine der höchsten Todesraten im „Großdeutschen Reich“, das mit Kriegsende, zweieinhalb noch tausendfach Tod und Zerstörung bringende Monate später, de facto aufhörte zu existieren. Denn Pforzheim, so schrieb es der Schriftsteller Alfred Döblin 1946 einer Pariser Bekannten, sei „vom Erdboden verschwunden, rasiert, komplett kurz und klein geschlagen. Keine Menschenseele mehr vorhanden. Pforzheim kannst Du vom Atlas streichen.“

Die Pforzheimer Pietà – Drama in der Luisenunterführung am „Tag danach"

Es gibt Ereignisse, Bilder, Texte, die nimmt man einmal wahr, vielleicht nur einen Wimpernschlag lang, und sie graben sich in das Gedächtnis ein, unauslöschlich. Sie werden Teil des eigenen Wissens, der eigenen Erinnerung. So war es bei mir mit einem Text, den ich das erste Mal mit 15 Jahren las, einem Text, der damals noch nicht mit dem Namen der Schreiberin versehen war, wie alle anderen anonymisierten Erinnerungen in einer erweiterten Neuauflage des erstmals 1963 von Esther Schmalacker-Wyrich herausgegebenen Bandes „Pforzheim, 23. Februar 1945. Der Untergang einer Stadt".

Seither kann ich nicht mehr durch die Luisenunterführung gehen – manche sagen übrigens auch Luitgardunterführung zu der um 1900 angelegten Eisenbahnunterquerung –, ohne mich nicht einen kurzen Moment lang zu fragen: War es hier, gleich neben mir? Oder doch dort drüben, auf der anderen Seite? Es sind, bis auf wenige Flickarbeiten, noch immer die gleichen Sandsteinquader, die hier verbaut sind, wie 1945. Bei genauem Betrachten erkennt man noch heute Kriegsspuren, die von Bombensplittern stammen könnten oder auch vom elftägigen Endkampf um die eigentlich doch „tote Stadt". Mitte April 1945 lagen die Ereignisse, um die es bei dieser wahrlich „dunklen Geschichte" geht, schon fast zwei Monate zurück. Und das Totenspalier, von dem wir gleich lesen, war entfernt, die Toten in Massengräbern oder in Privatgräbern bestattet.

Gisela Bär, eine Studentin der Meisterschule – die spätere Kunst- und Werkschule und heutige Hochschule für Gestaltung – war am 24. Februar 1945, dem „Tag nach dem Inferno", das auch ihr Elternhaus in der Durlacher Straße komplett zerstört hatte,

Der Leopoldplatz im März 1945 mit Goldnem Adler und Hotel Post

noch einmal von ihrem Gartenhaus nahe des Hauptfriedhofs, in dem die nun obdachlose Familie über den Rest der Nacht Unterschlupf gefunden hatte, in die Stadt gegangen. Sie wollte eine liebe Mitstudentin namens Eva finden, die im Hotel Post an der Südseite des Leopoldplatzes nahe der Baumstraße in einem kleinen Zweizimmer-Appartement im vierten Stock gewohnt hatte. Mit Eva und einer weiteren Kommilitonin hatte Gisela am frühen Abend des 23. Februar, kurz vor Beginn des verheerenden Luftangriffs, noch im kleinen Kreis einen Geburtstag gefeiert. Als die Feier in Evas Appartement im Hotel Post noch weitergehen sollte, war es Gisela Bär im Hotelfoyer plötzlich psychisch unmöglich, den Fahrstuhl zu betreten, als sich dessen Tür öffnete. War es eine Vorahnung auf das, was kommen sollte? Die kleine Truppe trennte sich, auch Eva wollte noch in der Stadt einen Besuch machen. Dann kam der Angriff, der alles veränderte und Tausende von Leben in Pforzheim innerhalb kürzester Zeit auslöschte. Folgen wir im Kern genau jener Textpassage von Gisela Bär, die sich bei mir eingebrannt hat:

„Früh am nächsten Morgen versuchte ich, in die Stadt oder was davon übrig war, zu kommen. Ich wollte Eva im ‚Hotel Post' suchen. Ein übler Dunst und Qualm lag über der Stadt. Ich suchte mich zur Luisenunterführung durch, wo zu beiden Seiten viele schlafende Menschen saßen und lagen. Mein erstes Gefühl war Verwunderung, bis ich mit jähem Erschrecken erkannte, daß dies ein Totenspalier war. Eine unaussprechliche Traurigkeit überfiel mich, und ich konnte nicht weitergehen. Als vom Luisenplatz zwei Menschen auf die Unterführung zukamen, war ich wie erlöst. Es war ein Elternpaar, das seinen Sohn suchte und ihn tot in der Unterführung fand. Der Vater nahm den Jungen hoch, schlug seinen Kopf immer wieder gegen die Wand und schrie: ‚Wach auf, wach doch auf' und dann mehrmals: ‚Adolf Hitler, wir danken dir!' Die Mutter erlitt einen Schreikrampf und begann, sich unaufhörlich um sich selber zu drehen. Das war zuviel für mich, mir wurde sterbensschlecht, und ich wurde ohnmächtig.
Als ich wieder zu mir kam, war alles still. Ich lag bäuchlings auf einer Leiche, meine Hände in den verkohlten Haaren. Während ich mich aufrichtete, brach etwas in mir entzwei! Ich war keiner aufwühlenden Gefühlsregung mehr fähig. Als anderer Mensch, wie eine Salzsäule, setzte ich meinen Weg fort, ich stelle mir vor, daß der Selbsterhaltungstrieb in mir schützend eine Wand um mich errichtete. Wie nötig war dieser Schutz für die kommenden Tage und Wochen! Irgendwie kam ich vor die Trümmer des ‚Hotel Post'. Eva stand weinend, aber heil davor! Wir umarmten uns wortlos."
So weit die Erinnerungen von Gisela Bär (1920–1991), die sich nach Abschluss ihres Studiums ab den 1950er-Jahren als selbstständige Bildhauerin mit Erfolg durchs Leben schlug. Die Ereignisse in der Luisenunterführung verarbeitete Gisela Bär einige Jahre später, um 1949, in ihrem Atelier zu einer dreiteiligen

Figurengruppe – Vater, Mutter, den toten Sohn haltend – wie eine „Pforzheimer Pietà“, die sowohl an die Kunst von Käthe Kollwitz und Ernst Barlach als auch an unvollendete Figurengruppen von Michelangelo erinnert, wie die „Pietà Rondanini“. Diese Gipsgruppe Gisela Bärs – bronziert, also bronzefarbig gefasst – war im Februar 1985, 40 Jahre nach dem Ereignis, in einer Ausstellung zum 23. Februar 1945 im Lichthof des Alten Rathauses zu sehen. Ansonsten stand und steht sie, immer noch nicht in Bronze gegossen, im erhaltenen Atelier der Künstlerin.
Wäre sie nicht ein beeindruckendes Erinnerungs- und Mahnmal, das an die Toten des 23. Februar 1945 in einer jedermann verständlichen Art erinnern könnte? An der Luitgard-Anlage, gleich bei der Unterführung, gäbe es Platz genug.

Die „Pforzheimer Pietà“ von Gisela Bär, entstanden um 1949

Der „Schlosskirchenmaier“ und ein fast vergessenes Zeichen der Versöhnung

Der 22. September 1957 war nicht nur für die evangelische Michaelsgemeinde, sondern für ganz Pforzheim ein besonderer Tag, ein Tag, der eine dunkle Geschichte mit hoffentlich hellerer Zukunft verband, ein Tag, der in großer Feierlichkeit begangen wurde. Nach elf oft mühevollen Jahren der Rekonstruktion und des Wiederaufbaus wurde die Schloss- und Stiftskirche St. Michael, das „steinerne Geschichtsbuch der Stadt“, neu eingeweiht. Erst weitere zehn Jahre später war auch die künstlerische Ausstattung mit ihren qualitätsvollen farbigen Glasfenstern von Charles Crodel, Valentin Feuerstein und Klaus Arnold, einer beachtlichen Bronzetür von Jürgen Weber sowie Glocken, Orgel und Kanzel abgeschlossen.

Unter der großen Menschenmenge, die 1957 zusammengekommen war, den Festzug und den Festgottesdienst zu erleben, fehlte einer, der „aki“, wie er unter Freunden nach seinem für seine Zeitungsartikel verwendeten Kürzel hieß. Alfons Kirchenmaier durfte diesen Tag, auf den er seit Kriegsende mit solcher Energie hingearbeitet hatte, nicht mehr erleben. Mit seiner Baskenmütze auf dem Kopf war der „Schlosskirchenmaier“ (ein weiterer Spitzname des engagierten Mannes) meist mit dem Fahrrad in Pforzheim unterwegs gewesen. Der Tod hatte ihn am 25. Februar 1954 abberufen. 1889 in Weingarten bei Ravensburg geboren, war er ein typischer Schwabe vom Oberland mit Mund und Herz auf dem rechten Fleck. Er war in fremden Ländern weit herumgekommen, hatte als Kaufmann im Gold- und Schmuckgeschäft in Neapel und Mailand, London und Birmingham, Kairo, Istanbul und Bagdad gearbeitet und besaß einen besonderen Sinn für die Kunst und das regionale historische Erbe. Immer wieder zog er sich den Unmut der Pforzheimer Bauverwaltung zu, wenn er ihre Abrisswut kritisierte und mit anderen versuchte, die spärlichen Überreste des alten Pforzheim zu erhalten. Er war die treibende Kraft des Wiederaufbaus der Schlosskirche, zusammen mit dem Künstler Oskar Elsässer hatte er am 21. Februar 1946 die „Stiftung der Freunde der Schlosskirche“ gegründet, mit dem Ziel, die historisch so wertvolle Ruine zu sichern und den Wiederaufbau durch eine enorme Spendenbereitschaft von Seiten der Bevölkerung auch politisch beim Land durchzusetzen. Zeitweise hatte die Stiftung mehr als 600 Mitglieder. Die Rekonstruktion der ebenfalls schwer zerstörten Fabrikantenvillen wie die Villa Bohnenberger und die Villa Gülich ließ sich nicht durchsetzen, die mittelalterlichen Kirchen aber durften wie Phoenix aus der Asche wieder auferstehen.

Doch „akis“ Engagement ging über Pforzheim hinaus. Der mehrsprachig gebildete Kosmopolit erkannte, dass die Versöhnung der ehemaligen Kriegsgegner ein wesentlicher Baustein für eine friedliche Entwicklung in Zukunft sein würde. Eine Voraussetzung für Versöhnung ist das Aussprechen der Wahrheit. Am Samstag, den 29. Dezember 1951, veröffentlichte Alfons Kirchenmaier einen Artikel mit dem Titel „Coventry/Pforzheim – eine Parallele“ im damals existierenden Pforzheimer Ableger des *Schwarzwälder Boten,* der *Pforzheimer Heimatpost.* Darin erinnerte er an den ersten Flächenangriff der deutschen Luftwaffe auf eine englische Stadt am 14. November 1940, an die verheerenden Auswirkungen für Menschen und Gebäude. Der Begriff „Coventrieren“ sei damals bald in aller Munde gewesen. „Grausam musste am 23. Februar 1945 auch Pforzheim dafür büßen und die Folgen des Hasses tragen“, so Kirchenmaier in einem weiteren Artikel. Die gotische Kathedrale von Coventry,

wie die Pforzheimer Schlosskirche ebenfalls eine Michaelskirche, war seit 1940 so gut wie vollständig zerstört. Dort stand nun – neben der Ruine der Kathedrale, die als Mahnmal stehen blieb – ein Neubau an, der 1954 bis 1962 tatsächlich durchgeführt wurde, während man in Pforzheim mit der Sicherung der Ruine und dem Wiederaufbau der Schlosskirche bereits 1946 begonnen hatte.
Kirchenmaier wollte mit seinem ersten Beitrag im Grunde auch für weitere Spenden für den Schlosskirchenaufbau werben. Er schickte jedoch darüber hinaus ein Exemplar der Zeitung an den Bürgermeister von Coventry, Dr. Harry Weston. Dieser sprach mit dem Provost der Kathedrale, beide begrüßten den Wiederaufbau der Pforzheimer Schlosskirche, das Wiedererstehen von christlicher Gemeinde in der schwer zerstörten Stadt. Ein Brief erreichte bald darauf die Redaktion der *Pforzheimer Heimatpost,* beiliegend ein Scheck über die symbolische Summe von 10 Pfund und 10 Schilling als kleiner Beitrag zum Wiederaufbau, als „Botschaft christlicher Gesinnung“.
Der Brief wurde dann in der Osterausgabe der *Heimatpost* am 12. April 1952 veröffentlicht. Hier konnten die Pforzheimer lesen, dass sich Coventrys Bürgermeister Dr. Weston glücklich zeigte, „Ihnen mitteilen zu können, dass ein Stein aus unserer Kathedrale an Sie abgeht. Dieser ist ein kleines Stück-

Alfons Kirchenmaier,
genannt aki

chen England, das uns so sehr am Herzen liegt, und ich hoffe, dass es einen Platz finden wird im wiedererstehenden Bau in Deutschland." Die Stiftung der Freunde der Schlosskirche verfasste daraufhin ein Antwortschreiben, in welchem sie für „die schöne Kundgebung christlicher Verbundenheit" herzlich dankte, und ihrer Hoffnung Ausdruck gab, „dass Coventry und Pforzheim in Zukunft von Kriegsheimsuchungen verschont bleiben und glücklicheren Tagen entgegen gehen".

Die Aktion sorgte 1952 für einige Schlagzeilen. Mehrere Rundfunksendungen berichteten über die Annäherung der beiden kriegszerstörten Städte, die etwa zeitgleich mit ähnlichen Bemühungen von Plymouth und Stuttgart vor sich ging. Der Stein aus Coventry wurde in der Schlosskirche eingebaut. Es soll auch ein

Die Schlosskirche mit Provisorien, 1957

Stein der Schlosskirche nach Coventry geschickt worden sein, doch bald verschwand – für die Zeit des hektischen Wiederaufbaus in der ganzen Stadt nicht weiter verwunderlich – die Erinnerung an das Ereignis.
Heute ist dieses frühe Zeichen der Versöhnung vergessen, wie die Lage des Steines überhaupt, der in keiner seither erschienenen Schrift über die Schlosskirche auch nur Erwähnung findet. Der Vorgang selbst hat aber stattgefunden, der früher im Archivbau in Auszügen gezeigte Briefwechsel der Stiftung beweist es. Der beachtenswerte Vorgang kam wieder ans Licht, als 1992 im Zusammenhang mit der Huchenfelder Gedenktafel für die fünf ermordeten englischen Flieger Kontakt mit Dr. Paul Oestereicher aufgenommen wurde, das war der Domkapitular von Coventry, der 1938 als Sohn einer jüdisch-christlichen Ehe Nazi-Deutschland verlassen musste und nun Leiter des Friedenszentrums von Coventry war.
Hermann Wahl, der inzwischen verstorbene ehemalige Kulturamtsleiter der Stadt, bemühte sich, bei früheren Bauarbeitern und Restauratoren Genaueres über die Lage des Steines in Erfahrung zu bringen – er vermutete einen Einbau im Chorbereich –, was leider nicht gelang. Aber auch der Pforzheimer Stein scheint in Coventry in Vergessenheit geraten zu sein. Vermutlich wäre die Sache anders verlaufen, wenn Alfons Kirchenmaier nicht schon 1954 gestorben wäre.
Am 29. September 1994, dem Namenstag des Kirchenpatrons Erzengel Michael, läuteten die Glocken der beiden Michaelskirchen in Coventry und Pforzheim in Erinnerung an das gemeinsame Schicksal der Städte und ihre Gotteshäuser und als Zeichen der Versöhnung zum ersten Mal zeitgleich und seitdem an jedem 29. September erneut. Dabei erklingt auch die zusammen mit fünf anderen Glocken im September 1958 geweihte

„große Gedenkglocke“ zum 23. Februar, mit 3587 kg die größte der Glocken im Schlosskirchengeläut. Bereits seit 1958 läutet die große Gedenkglocke an jedem Freitag nach dem Abendläuten zur Erinnerung an die Stadtzerstörung am 23. Februar 1945. Seit Mitte der 1990er-Jahre gab es zudem immer wieder Kontakte zwischen den beiden Kirchengemeinden in Pforzheim und Coventry. Die Steine sind längst mit den Kirchenbauten verschmolzen, doch setzten sie einst ein frühes und deutliches Zeichen für die Versöhnung unter den beiden Völkern nach allzu dunkler Zeit – sie wurden so zu Marksteinen auf einem schwierigen, dornenreichen Weg, dessen Richtung in Pforzheim nicht immer unumstritten war.

Mit Schwarzkitteln fing alles an

Wussten Sie, dass unsere heimischen Wildschweine im Matriarchat leben? Und nicht nur die heimischen. Wenn ein Jäger aus Versehen die Leitbache aus dem Rudel herausschießt, dann ist das Rudel oft dem Untergang geweiht, gleitet ins Chaos ab. Denn die Leitbache bestimmt etwa die Rangfolge im ganzen Schweine-Clan oder wer von den Ebern welche Sau besteigen darf, wie und wann das Rudel neue Fressplätze auftut, wenn die Eicheln reif sind. Und wer einer Leitbache begegnet, überhaupt einer Bache, die gerade ihre Frischlinge geworfen hat und permanent im Beschützerinnen- und Verteidigungsmodus lebt, der sollte hoffen, dass er genügend Abstand zu den „Schwarzkitteln" hat (oder noch schnellere Beine – aber besser als fliehen ist sich ruhig verhalten).

1967 hatten die Pforzheimer Familien mit ihren eigenen „Frischlingen" ein neues, lohnendes Ausflugsziel, die Keimzelle des Wildparks; die Zeitungen berichteten davon. Und die Journalistin und Schriftstellerin Sylvia-Monica Schmager hat die Anfänge dieser „schwarzen" Geschichte in ihrem mit amüsanten und nachdenklichen Betrachtungen gespickten kleinen Band „Pforzheim – große Welt – kleine Welt" verarbeitet, der 1967 erschien. Ihre präzise Beschreibung kann ich nicht toppen, daher zitiere ich:

„Zumbele […] gehört zur Familie der ‚Schwarzkittel', die im eigenen Schwarzwildgehege im Stadtwaldbezirk Hagenschieß – am Waldeingang Tiefenbronner Straße – haust. Fetz, der massige Keiler, hat zwar eine schicke Wildschweinfreundin namens Zuttel, jedoch bislang ist er seinen Mannespflichten nicht nachgekommen. Doch das wird sich bald ändern. Wenn der Vollmond milde lächelt ... Hinzugesellt wurde den beiden – sozusagen als

Schwarzkittel-Siesta im Wildpark, 2015

leuchtendes Vorbild – die mutterstolze Bache Butze mit ihrem Frischling, der allerdings bald ausgewachsen sein wird – Zumbel, von den Spaziergängern zärtlich ‚Zumbele' gerufen. Aus so viel Anteilnahme mag der geneigte Leser erkennen, daß es sich bei dieser Familie gewissermaßen um die ‚upper ten', die oberen Zehntausend, dieser Stadt handelt. Entsprechend werden sie auch mit Futter verwöhnt, und die Forstverwaltung hat deshalb eigens Bottiche aufstellen müssen. Daß aber eine Dame in ihrem Auto angefahren kam und ein frisch aus der Konditorei geholtes Tortenpaket zum Verfüttern auspackte, ist eine zwar wahre, doch groteske Ausnahme. Immerhin, Familie ‚Schwarzkittel' kennt ihre ‚Stammkundschaft' unter den Besuchern [...]."
Was Sylvia-Monica Schmager nicht ahnen konnte, war, was sich in 50 Jahren aus diesem kleinen Gehege entwickeln würde. Schon am Himmelfahrtstag 1967 strömten zahlreiche Ausflügler in den Hagenschieß, zum Wildschweingehege, das vom Gartenmeister Otto Niebel an der Straße zum Seehaus angelegt worden war. Was war geschehen? Es herrschte Geburtstagsfreude, die siebenjährige Bache Butz(e) hatte sieben Frischlin-

gen das Wildschweindasein geschenkt. Vater des gesunden Nachwuchses war der Keiler Fetz, drei Jahre alt, der im benachbarten Gehege mit der Bache Zuttel und deren Tochter Zumbel (auch Zombel ist überliefert) schon wieder heftig flirtete. Adolf Schaible, seines Zeichens Oberförster, der die Frischlinge entdeckt hatte, bat um Rücksicht, Ruhe und Geduld, weil Butz sich von den Anstrengungen der siebenfachen Niederkunft erholen musste, und gleichzeitig wachsam und aggressiv ihren Nachwuchs im Dickicht zu schützen suchte.

Otto Niebel hatte schon Ende der 1950er-Jahre dafür plädiert, auf der Gemarkung Pforzheim einen Wildpark anzulegen, um der wachsenden Naturentfremdung vor allem der jüngeren Generationen zu begegnen und um den Freizeitwert der Stadt zu steigern, den regionalen Tourismus anzukurbeln. Er fand damals kein Gehör. Einzig das Gehege für die Schwarzkittel wurde auf den Weg gebracht. Und nun begann sich, mit der Aufmerksamkeit, die die „süßen kleinen Wildschweinle“ in der Stadt erzeugten, der Weitblick Niebels auszuzahlen. Stadtrat Ewald Steinle von der SPD nahm sich des Themas „Wildpark für Pforzheim“ erneut an und lud am 8. Juni 1967, nicht lange nach dem „schweinischen“ Himmelfahrtsereignis, ins Reuchlinhaus zur Gründung eines Vereins für die Förderung eines Wildparks. Die Gründungsversammlung war hochrangig besetzt, selbst Oberbürgermeister Dr. Willi Weigelt war überzeugt von der Idee und brachte sich, wie viele andere Freiwillige, beim ersten Geländerodungsarbeitseinsatz für den Wildpark am Samstag, den 16. März 1968 persönlich ein. 50 freiwillige Helfer waren morgens erschienen für den „ersten Spatenstich“, der darin bestand, größere Baumstubben zu entfernen, das Unterholz auf den geplanten Wegen wegzuräumen und 2000 Fichten- und 2000 Akazienpfosten für die Zäune zu entrinden und

Das Wildparkfest 1976: verkleidete Kinder bei einer Sammelaktion

zu den Sammelplätzen zu transportieren. Am 6. Juli 1968 wurde schließlich das erste Teilstück des Wildparks von 3,2 Hektar mit einem großen Fest eingeweiht. Es gab fünf große Gehege und eine Vogelwiese mit einem 120 Quadratmeter großen, künstlichen See. Die ersten Bewohner waren mehr als 50 Tiere: Rehe und Damhirsche aus Revieren Pforzheimer Jäger, Mufflons und ein Axishirsch, den der Karlsruher Zoo gestiftet hatte. Dazu kamen Rentiere, Shetland-Ponys, andalusische Esel, Bergziegen, Schwarz- und Buntstörche, Krauskopf-Pelikane, Flamingos, kanadische Gänse, Grau- und Höckergänse, Pfauen, Perlhühner, Wild- und Warzenenten. Doch vier Tage nach dem Ereignis kam noch ein ungebetener Gast, der fast die ganze Anlage verwüstete: der Tornado vom Abend des 10. Juli 1968. Zahlreiche Bäume wurden entwurzelt bzw. umgeknickt; lediglich ein Flamingo wurde erschlagen, ein Pony leicht verletzt, alle anderen Tiere kamen unbeschadet davon – und waren um eine „stürmische Erfahrung“ reicher. Der weiteren positiven Entwicklung des Wildparks tat der Tornado keinen Abbruch, im Gegenteil, das Spendenaufkommen aus der Bevölkerung stieg und bereits zum 2. Geburtstag am 6. Juli 1969 war der Ausbau der zweiten Stufe vollzogen und Fläche und Tierbestand mehr als verdoppelt. Ein dritter und vierter Bauabschnitt schlossen sich in den 1970er-Jahren an, sodass zum zehnjährigen Jubiläum bereits 200 Großtiere gezählt werden konnten und fünf Tierpfleger.

Doch mit den Schwarzkitteln Butz, Fetz, Zuttel und Zumbel hatte 1967 alles begonnen, und viele Wildparkbesucher blieben weiter ihre Fans. Ich selbst gehörte als Kind dazu, auch wenn es immer komisch roch bei den Wildschweinen und die Erde stets durchwühlt war. Zeitweise hatte jedes benamte Schwein seine eigene kleine Kiste für Brotspenden. Und immer zu den Wildparkfesten war unter Leitung der Ballettmeisterin Anja Römer-Hahn die Tanzgruppe des Jugend-Rotkreuzes Pforzheim in Verkleidung mit Rotkreuz-Sammelbüchsen im Einsatz. Viele Jahre war auch ich mit dabei, ebenso wie meine Mutter, die Frau Römer-Hahn in der Organisation der Sammelaktion unterstützte. Einmal war ich als blauer Schmetterling und meine Mutter, ganz burschikos, als Schmetterlingsfänger mit Kescher verkleidet. Ein anderes Mal war sie eine blass geschminkte Geisha und ich eine kleine Ausgabe von Charlie Chaplin mit Gehrock, Melone, Spazierstock und angeklebtem, juckenden Bärtchen. Ganz ehrlich, das Hinhalten der Büchse fiel mir von Jahr zu Jahr schwerer. Ich mochte nicht betteln, auch wenn es für die Tiere war. Besser wurde es erst, als ich – älter geworden und in die Höhe geschossen – die sogenannte „Katze im Sack“ für 5 Mark verkaufen durfte. Ich selbst zog einmal eine gestiftete Perlenkette aus dem beigen Postumschlag heraus (echte Zuchtperlen, zweireihig!).

Ein schwarzer Engel ist ausgeflogen

Können schwarze Engel aus Bronze fliegen? Offensichtlich doch. Die Aufregung im Pforzheimer Blätterwald war groß, als Besucher des Hauptfriedhofs entdeckten, dass an der Hauptallee der schwarze Engel ausgeflogen war. War er nicht nur seines Standorts be-, sondern überhaupt geraubt worden? Das prominente, und auch recht aufwendige Jugendstil-Grabmal der Familie UnterEcker, in dem auch der Pforzheimer Maler Karl Abt (1899–1985) bestattet ist, mit seinem typischen neobarock-wilhelminischen Engel samt vollem Federkleid war auf jeden Fall eines Tages verschwunden, nicht mehr an seinem Platz. Und das erregte die Gemüter der regelmäßigen Friedhofsgänger und dementsprechend auch die Gerüchteküche. Einige Tage später war das Rätsel geklärt, die Figur war in Reparatur gewesen. Wochen später tat der Engel wieder wie gewohnt seinen Dienst und bewachte die längst vergangenen Toten unter sich und überhaupt die ganzen Prominenten und Otto-Normalsterblichen an der Hauptallee des 1877 eröffneten, aber damals nur 20 Felder großen Friedhofs.

Das Grab wurde 1904 angelegt, als Caroline UnterEcker mit 61 Jahren starb. Sie war die Ehefrau des Schmuckfabrikanten und Stadtverordneten Ernst UnterEcker (1839–1917), der das Haus Dennig an der Westlichen Karl-Friedrich-Straße 54 bewohnte. Es war um 1790 im Stil des späten Rokoko als eines der ersten repräsentativen Wohnhäuser mit rückwärtigem Fabrikgebäude für einen Vertreter der aufstrebenden Schmuckfabrikantenschicht außerhalb der Stadtmauer der Brötzinger Vorstadt (ab 1830 Leopoldsvorstadt) errichtet worden. Spätestens Ende der 1870er-Jahre erwarb Ernst UnterEcker die Gebäude und betrieb hier seine eigene Fabrik. Angefangen hatte der gebürtige Pforzheimer nach einer Lehre in der Firma Bissinger & Co. als Musterzeichner und Kabinettmeister, um 1875 wurde er Teilhaber einer Kettenfabrik. In den 1860er-Jahren leitete er zudem Zeichenkurse im Pforzheimer Arbeiterbildungsverein. Ernst UnterEcker war auch Mitbegründer und langjähriges Vorstandsmitglied des Kunstgewerbevereins und engagierte sich in der Kommunalpolitik.

Der schwarze Engel auf dem Hauptfriedhof, Hauptallee

Bei dem schwarzen Engel in Feld 66 an der Nordseite der Hauptallee handelt es sich übrigens nicht um eine normale, entsprechend gewichtige und in der Anschaffung teure Bronzefigur, sondern um eine sogenannte „Galvanoplastik". Das ist ein Verfahren, welches um 1900 vielfach angewendet wurde, um deutlich günstigere Friedhofsfiguren auf den großbürgerlichen Markt zu werfen. Dabei wurde eine Gipsabformung der Figur kupfergalvanisch beschichtet, entweder als „Kerngalvano" (unter Verwendung des Gipskerns), oder als „Hohlgalvano" in einer Negativform. Renommierte Künstler lieferten den auf Galvanoplastik spezialisierten Firmen die Vorlagen. Die Firmen wiederum sorgten auch dafür, dass die Käufer einen gewissen Alleinstellungsbonus auf ihrem jeweiligen Heimatfriedhof bekamen, sprich, dass die „dupfe'gleiche" Statue eben nicht dreimal direkt nebeneinander stand.

Eine Fabrik, die mit Galvanoplastiken für deutsche Friedhöfe guten Umsatz machte, war die heute für andere Produkte bekannte Firma WMF, die Württembergische Metallwarenfabrik in Geislingen an der Steige, gegründet 1853. Sie notierte in Verkaufsbüchern, welche Familie in welchem Feld auf diesem oder jenem Friedhof jene Figur mit der Produktionsnummer erworben hatte (im Fall des schwarzen Engels WMF-Nr. 745 a, entworfen durch den Leipziger Bildhauer und Medailleur Adolf Lehnert; 1862–1948). Auf kleineren Friedhöfen war dann diese Figur für einen weiteren Verkauf komplett gesperrt, auf größeren konnte es zwei oder drei Exemplare geben, diese mussten aber in weit auseinanderliegenden Feldern aufgestellt werden, damit „der schwarze Engel“, „der rastende Pilger“, „die kniende Trauernde über dem Grab“ und „der segnende Christus“ eben nicht wie Konfektion von der industriellen Stange wirkten. Nur, die damaligen Käufer haben ihren Nachfahren, die mit der teuren Verlängerung und Pflege der Gräber schon genug zu stemmen haben, keinen guten Dienst getan. Die dünnwandigen Galvanoplastiken sind viel anfälliger für Fehlstellen und Verluste als solche massiven Bronzen, die locker 2000 Jahre ohne großen Schaden überstehen könn(t)en. Und da geht die Reparatur alle paar Jahrzehnte ziemlich ins Geld.
Der schwarze Engel von Lehnert war um 1900 eine oft gewählte Friedhofsplastik. Sie ist bis heute auf vielen Friedhöfen anzutreffen, die ihre große Zeit oder ihre Anlage um die Wende vom 19. zum 20. Jahrhundert hatten. Ein Exemplar steht sogar im „Museum für Sepukralkultur“ in Kassel, der einzigen unabhängigen Institution in Deutschland, die sich mit dem gesamten Spektrum des Todes befasst und als Zentralinstitut und Forschungsstätte für die Bestattungs- und Friedhofskultur dient.

Über Nacht eine schwarze Villa

Man hätte meinen können, die Welt geht unter. Dunkle Zeichen am Horizont, kryptische Prophezeiungen. Dabei war doch die Jahrtausendwende ohne nennenswerte Computerabstürze, Erscheinungen und direkten Wirtschaftskollaps vorübergegangen. Gewiss, am 11. August 1999 lag auch Pforzheim im Kernschatten der Sonnenfinsternis – ein seltsames Gefühl damals, auf dem Balkon der elterlichen Wohnung im Haidach, um das Spektakel mit eigenen Augen zu erleben. Was mögen die „Pforzheimer" der Steinzeit bei so einem Ereignis gedacht haben, was die Zeitgenossen Reuchlins, von denen immerhin Deutungen von einer nahen Endzeit, einem Weltuntergang überliefert sind. Und nun auch noch das! Über Nacht färbte sich eine Villa in der äußeren Friedenstraße zwischen Rodgebiet und Dillstein schwarz, kohlrabenschwarz. Wahrscheinlich hätte es niemanden groß gejuckt, wenn das irgendwo in einem Brötzinger Winkel oder in der Oststadt passiert wäre, aber hier! Hier traf es mitten ins künstlerisch so empfindsame Herz und Selbstbewusstsein der Pforzheimer Eliten, die vorzugsweise eine Adresse im Rodgebiet ihr Eigen nennen (möchten). Weshalb die Friedenstraße, die an den Frieden mit Frankreich von 1871 erinnert, so lang ist. Sie geht bis zur Nummer 211, da ist man dann schon in Dillstein. Wenn wir, meine Eltern und ich, der ich noch ein Kind war, meine älteren Brüder im Rodgebiet besuchten, dann fuhr mein Vater gerne mal einen kleinen Umweg, um die späthistoristischen Häuser und Jugendstilvillen sowie jene Nachfolgebauten aus den guten Jahren der Goldenen Zwanziger anzuschauen, die zumindest ab etwa der Höhe der Nummer 40 die Zerstörungen des 23. Februar 1945 mehr oder weniger glimpflich überstanden hatten. Besondere Aufmerksamkeit zog damals, ohne dass ich ihren

Andreas Sarow vor der schwarzen Villa in der Friedenstraße, 2015

Namen schon kannte, die Villa Trunk auf sich. Die damaligen Besitzer hatten die neoklassizistische Villa mit ihren Pilastern und Säulen in den frühen 1970er-Jahren in herrlich gewagtem Rosa und Weiß anstreichen lassen. Bis schließlich, nach einigen Jahrzehnten, ein neutralerer Außenanstrich gewählt wurde, der dem ursprünglichen Farbkonzept des Gebäudes aus dem Jahr 1922 und damit auch den Anforderungen des Denkmalschutzes mehr entsprach. Man kann sich fragen, ob nicht auch die rosa-weiße, an Zuckerstangen erinnernde Fassung ihre Berechtigung hatte. Auf jeden Fall hatte sie Charakter und Witz und etwas von dem, zu dem Pforzheimer selten bereit waren: Mut zum Besonderen, zum „Outstanding", Mut zur eigenen Haltung.
Im Herbst 2015 hatte der in Pforzheim 1974 geborene Immobilienmakler und Galerist Andreas Sarow, der in Stuttgart Architektur studiert hatte, seine „schwarze Stunde". Daraufhin folgten für

ihn „schwarze Wochen“ durch den Wind, den er erzeugen wollte und der sich rasch zu einem Sturm im Blätterwald und einem heiß diskutierten No-Go in den Halb- und Höhenlagen der „oberen Zehntausend“ entwickelte. Sarow hatte in letzter Zeit mit ungewöhnlichen Kunstprojekten Aufmerksamkeit erregt, auch in Hinblick auf gewisse Standardisierungen des „politisch korrekten“, allgemein akzeptierten „guten Geschmacks“ der Eliten. So ließ er die vor kurzem zum Weiterverkauf erworbene neoklassizistische, in ihren Ausmaßen eher durchschnittliche Villa an der Friedenstraße 103 der Architekten Karl Faller und Josef Clev aus dem Jahr 1921 in einer gut organisierten Nacht-und-Nebel-Aktion mit zehn Helfern scheinbar komplett schwarz anstreichen. Und wenn ich schreibe komplett, dann meine ich auch komplett, also nicht nur die Wände, sondern auch die Dachziegel, die Schornsteine, die Abflussrinnen, die Türen, die Fensterläden (die man schon vorher angestrichen hatte) und sogar das Fensterglas, alles unisono „uni“, sprich sehr anthrazitfarbig schwarz. Nach dem Motto „black is beautiful“. Die Rückseite des Hauses zum Nagoldtal jedoch blieb hell.
Doch bei einer, wie es immer kunsthistorisch falsch zitiert wurde, „Jugendstil-Villa“, die auch noch den Zweiten Weltkrieg überlebt hatte, dürfe es das nicht geben. Die Bürger regten sich auf – nicht alle, aber doch die meisten. Die Denkmalpflege war düpiert, das ginge nun wirklich nicht! Vor allem, weil Sarow die Aktion nicht vorher angemeldet und besprochen hatte und sich dann herausstellte, dass er eine Farbe verwenden ließ, die die originalen Putzschichten mit den ursprünglichen Farbfassungen angriffen hatte. Die eher ruhige Friedenstraße wurde zu einer Kunsttouristenattraktion für die geplante Dauer der Aktion von drei Monaten. *Die Welt* übertitelte zum Beispiel ihren Artikel vom 2. September 2015 mit „Wie ein schwarzer, fauler

Zahn". Und zitierte dabei Andreas Sarow selbst, der mit der *Die Welt*-Journalistin Nicole Dolif ein Interview geführt hatte:

Andreas Sarow: *Ich habe das Haus vor drei Monaten zum ersten Mal gesehen und wollte es sofort kaufen, weil ich wusste: Die Villa muss schwarz werden, sie ist eine Skulptur. Sie steht in der Mitte eines Ensembles aus drei fast baugleichen, weißen Jugendstil-Villen. Durch das satte Schwarz bildet sie nun einen Gegenpol. Und fällt natürlich in der Mitte auch besonders auf. Fast wie ein schwarzer, fauler Zahn.*

Die Welt: *Faule Zähne sind ja nicht so beliebt. Was sagen die Nachbarn dazu?*

Sarow: *Die Reaktionen der Nachbarn sind eigentlich durchweg positiv. Sie finden, dass das ein interessantes Projekt ist. Obwohl die Friedenstraße durch die schwarze Villa ja deutlich belebter ist. Es kommen viele Menschen, machen Fotos und Filme. Oder wollen einfach nur mal schauen. Vor allem in der Dämmerung. Denn da ist es am spannendsten. Es gibt diesen Moment, wenn das Licht schwächer wird. Da verschwindet die Villa einfach in einem schwarzen Loch – während die beiden weißen Villen rechts und links noch gut zu sehen sind.*

Die Welt: *Und was sagen die Kritiker?*

Sarow: *Die schwarze Villa hat bisher recht wenig provoziert. Vereinzelt habe ich gehört, dass die schwarze Villa zu Lasten des Umfelds ist, also die Villen als Statussymbol deklassiert. Aber das war gar nicht meine Absicht.*

Sarow schilderte dann im Verlauf des Interviews noch die technische Umsetzung der Blitzaktion, dass es demnächst Gespräche mit dem Denkmalschutz geben würde und im Oktober eine Ausstellung in den Räumen der Villa. Und dass diese dann wieder denkmalgerecht restauriert und farblich angepasst zum Ver-

kauf stünde. Es sei denn, es fände sich ein Nutzer oder Investor, der die Skulptur der „schwarzen Villa“ mit ihrer nun eigenen Geschichte erhalten wolle. Dies trat freilich nicht ein. Im Gegenteil, Andreas Sarow bekam eine Anklage in Höhe von 50 000 Euro Bußgeld, kündigte an, er würde für seine Überzeugung, für die Kunst „in den Knast gehen“. Vom Amtsgericht Pforzheim zu immerhin 30 000 Euro verurteilt, setzte das Oberlandesgericht den Betrag 2019 letztlich auf 10 000 Euro herab, weil das inzwischen denkmalgerecht restaurierte und verkaufte Gebäude, stilvoll in hellen Farben gefasst und angepasst, keinen weiteren bleibenden Schaden aus der Aktion davongetragen hatte. Die neuen Besitzer der kurzzeitig (fast) schwarzen Villa, die die Geschichte ihren Freunden und Verwandten erzählen, dürfte dies vermutlich mit einem gewissen Stolz erfüllen. In anderer Form wurde dem Kunstprojekt ebenfalls 2019 ein zumindest literarisches Denkmal gesetzt mit dem zeitgeschichtlichen Kriminalroman von Claudia Konrad mit dem Titel „Schwarze Villa“.
Und Andreas Sarow? Der sitzt seit 2019 für die CDU, also für die „Schwarzen“, im Pforzheimer Gemeinderat.

Weitere Bücher über die Region

Pforzheim – Farbbildband
deutsch / english / français
Ana Kugli, Janusch Tschech
72 Seiten, Hardcover
ISBN 978-3-8313-2373-9

Pforzheim – Stadtwanderführer
20 Touren
Ana Kugli
144 Seiten, Softcover
ISBN 978-3-8313-2336-4

Weihnachtsgeschichten
aus dem Schwarzwald
Kirsten Elsner-Schichor
80 Seiten, Hardcover
ISBN 978-3-8313-2926-7

Baden – Gerichte unserer Kindheit
Rezepte und Geschichten
Kirsten Elsner-Schichor
128 Seiten, Hardcover
ISBN 978-3-8313-2356-2